光文社文庫

長編時代小説

正《しょう》雪《せつ》の埋蔵金

日暮左近事件帖

『陽炎斬刃剣　日暮左近事件帖』改題

藤井邦夫

光　文　社

※本書は、二〇一〇年一月に廣済堂文庫から刊行された作品を文字を大きくしたうえでさらに著者が加筆修正したものです。

目次

プロローグ

船頭のいない小舟は、中洲で二つに分かれる流れに大きく傾き、隅田川《すみだがわ》に入った。尾久《おぐ》、千住《せんじゅ》……小舟は月明かりを浴びて、流れに揺られていく。

小舟の底には、下帯一本の若い男が、気を失って倒れていた。汚れた顔に汗を浮かべ、元結《もとゆい》の切れたざんばら髪に血を滲ませ、血に濡れた左手を固く握り締めて……。

小舟は月光にきらめく隅田川を、ゆっくりと下っていった。

ひぐらし蟬が、朝から煩《うるさ》く鳴いていた。日本橋馬喰町《ばくろちょう》の公事宿《くじやど》『巴屋《ともえ》』の主《あるじ》、彦兵衛《ひこべえ》は、死んだ女房の実家の法事で鐘ケ淵《かねがふち》に泊まった帰りだった。

彦兵衛は馴染みの船宿に頼んであった迎えの猪牙舟《ちょき》に乗り、隅田川を下っていた。朝の隅田川は、野菜などを積んだ荷船が行き交うぐらいだ。

暑くなる前で良かった……。

僅《わず》かに残っていた酒の酔いが、川風に吹かれて徐々に薄らいでいく。

向島《むこうじま》辺りに来た時だった。

「旦那、流れ舟ですよ」

船頭の平助《へいすけ》が、流れに揺れていく船頭のいない小舟を示した。

「ほーう、何処から流されて来たのかね」

「寄せてみますか……」

平助は櫓《ろ》を巧みに操り、猪牙舟を小舟に寄せた。微かに人の呻《うめ》き声が聞こえた。

彦兵衛は身を乗り出し、小舟の中を覗いた。

気を失った下帯一本の若い男が、苦しげに顔を歪《ゆが》めて呻いていた。汚れた顔、ざんばら髪に付着した血、固く握り締めた血塗《ちまみ》れの左手……。

「旦那、放っておいた方が良さそうですよ」

平助が腰を引いた。

「う、うむ……」

若い男の肩と腕や脚には、固く引き締まった肉が隆々と盛り上がっている。剣術や体術を修行した者の証《あかし》だ。

侍……。

「どうします、旦那」

「放ってもおけまい。よし、鉄砲洲《てっぽうず》の波除稲荷《なみよけいなり》にやっておくれ」

ひぐらし蟬が、隅田川を覆うように鳴いていた。


日本橋から日本橋南大通りを行き、京橋《きょうばし》の手前の具足町《ぐそくちょう》を左に曲がり、楓川《もみじ》に架かる弾正橋《だんじょう》を渡ると本八丁堀《ほんはっちょうぼり》の町に出る。右手に八丁堀を見ながら海に向かうと、やがて亀島《かめじま》川と合流する地点に出る。そこに稲荷橋があり、渡ると鉄砲洲波除稲荷があった。

江戸湊《みなと》には打ち寄せる白波が広がり、佃島《つくだじま》と停泊している千石船《せんごくぶね》の明かりがチラホラと見え、潮騒《しおさい》が静かに響いている。亀島川の河口から見る海は、いつ見ても美しく飽きる事はない。

左近《さこん》は亀島川と合流する八丁堀に泳いで戻り、角にある鉄砲洲波除稲荷の石垣を身軽に登った。波除稲荷の境内にあがった左近は、濡れた下帯を外して素っ裸になった。

引き締まった身体から落ちる水滴が、秋の月明かりに輝いた。輝いたのは、水滴だけではなかった。稲荷堂の陰にも白く輝くものがあった。左近は怪訝《けげん》に誰何《すいか》した。

白っぽい浴衣を着た女が佇《たたず》んでいた。女は洗い髪をかきあげ、潤んだ眼で左近を見つめて、婉然《えんぜん》と笑いかけた。

お葉《よう》……。

芸者あがりのお葉は、稲荷橋を渡った日比谷町で常磐津《ときわず》の師匠をしていた。男好きのするその顔と身体は、常に界隈の男たちの噂の的となっており、左近も往来で何度か擦れ違った事があった。

そのお葉が、潤んだ眼を妖しく輝かせ、浴衣姿でいた。

左近はお葉の意図を解しかね、新しい下帯をつけようとした。だが一瞬早く、お葉は左近に抱きついた。

お葉は妖艶に微笑みながら、豊満な身体を左近に密着させた。

何故だ。何故、お葉はこんな真似をする……。

左近はお葉の潤んでいる眼の奥を覗いた。何も見えなかった。

いや、見えないと言うより、何も無かった。虚《うつ》ろだった。左近は緊張した。

誰かが囁いた。

待ってはならぬ、自分から仕掛けろ……。

左近の頭の中で、誰かが囁き続けた。

仕掛けるんだ……。

月が瞬いた。

違う。月が瞬く筈はない。待ち続けた敵の仕掛けだ……。

そう思った瞬間、左近はお葉を抱いたまま身を伏せた。同時に鉄の打根《うちね》が、羽音を唸らせて左近とお葉のいたところを貫き、大木の幹に深々と突き刺さって胴震いした。

忍びの者だ。

月の瞬きは、忍びの者が一瞬だが遮ったからだ。忍びの者は矢羽根をつけた長さ二尺余りの鉄の打根を投げつけ、お葉もろとも左近を串刺しにするつもりだった。

左近はお葉を張り倒し、素早く夜空に飛んだ。

間髪を容れず、忍びの者が闇の中から宙に舞い、左近に襲いかかった。

左近と忍びの者は、青白い月明かりを浴びて交錯した。刀が閃き、光芒《こうぼう》が走った。身を捻《ひね》り、閃く刀を辛うじて躱《かわ》した。

忍びの者の鋭い攻撃が、休む間もなく続いた。

気合もかけず、息も乱さず、忍び刀の空を斬り裂く音だけを低く鳴らして……。

必死に躱す左近の分厚い胸に、細い血の筋が何本も走った。血の匂いが、微かに鼻を突いた。

このままでは斬られる……。

咄嗟に左近は、外しておいた六尺の濡れた下帯を拾い、その端を握り、激しく投げ打った。

濡れた下帯は、鞭《むち》のように伸びて、忍びの者の刀を飛沫《しぶき》をあげて弾き飛ばした。

意外な武器での攻撃に、忍びの者が思わず怯《ひる》んだ。

左近の足が飛んだ。忍びの者は、素早く反転して左近の鋭い蹴りから逃れた。

なおも左近は、下帯を鞭のように放ち、忍びの者の腕を搦《から》め捕り、その頭上を飛び越えた。

腕を取られた忍びの者が、背中から仰向けに倒れた。同時に左近は、仰向けに倒れた忍びの者に馬乗りになり、覆面をむしり取った。

覆面の下から、まるで娘のような可憐《かれん》な顔が現れた。

女……。

忍びの者は必死に逃れようとした。左近はその胸元を乱暴に押し広げた。晒《さらし》が固く巻かれていた。左近の手が、巻かれた晒を引き下げた。

「止めろ！」

初めて声を発した忍びの者の胸には、晒からはみ出た固い乳房があった。

やはり女、二十歳前後の若い女だ。

若い女忍びの非情な攻撃……。

左近は微かにたじろいだ。女忍びは、その隙を逃さずに左近を殴り倒し、境内の奥の闇に飛んで姿を隠した。追いかけようとした左近に、女忍びの殺気が強く放たれた。

女忍びは、俺を道連れにして死ぬ覚悟だ……。

左近は踏《とど》み止まり、油断なく闇を窺《うかが》った。

「お前の命、必ず貰《もら》う……」

憎しみに溢《あふ》れた言葉だけを残して、殺気は急速に消えていった。

今の左近に命を狙われる覚えはない。だとしたら女忍びは、失った記憶からの刺客なのだ。

失った記憶……。

左近は記憶を喪失していた。喪失した記憶からの刺客。

俺は過去から命を狙われている。女忍びは、俺の過去を知っているのかも知れない。いや、知っているのだ……。

左近は女忍びの可憐な顔を思い出し、必死に脳裏に焼きつけた。

お葉は左近に張り飛ばされて、気を失って倒れていた。その顔から妖艶な笑みを消し去って……。

おそらくお葉は、女忍びに催眠の術をかけられ、思うがままに操られたのだ。

左近を戸惑わせ、甘い陶酔に引きずり込み、無防備になった隙を突いて殺すための道具にされたのだ。気の毒に……。

左近はお葉を哀れんだ。

第一章　出入物吟味人

一

下帯一本の若い男が、隅田川で彦兵衛に助けられ、鉄砲洲波除稲荷裏の巴屋の寮に担ぎこまれたのは、ひぐらし蟬が煩《うるさ》い季節だった。

若い男は、後頭部に深い傷を負っていた。固く握り締められた血塗《ちまみ》れの左手の中には、千切れた紙きれがあった。血と皺に塗れた紙きれからは、『……左近』と書かれた文字だけが読み取れた。

左近……それが、若い男の名前なのかどうかは、分からない。

助けられて三日後、若い男は漸《ようや》く意識を取り戻した。

彦兵衛は名前と生国を尋ねた。だが、若い男は何も覚えていなかった。自分の名前も生まれ育った所も、そして自分が何者なのかも……。

過去の記憶のいっさいを失っていた。おそらく後頭部に激しい衝撃を受けての事なのだろう。深い傷がそれを示していた。

一体、何があったのだ……。

とにかく彦兵衛は、若い男に名前をつけた。

『日暮《ひぐらし》左近』と……。ひぐらし蟬が鳴き盛る季節に現れ、『左近』と記された紙片を持っていたからだ。以来、若い男は、『日暮左近』と呼ばれ、巴屋の寮で暮らし始めた。

俺は何者なんだ……。

左近は失った記憶を取り戻そうとした。だが、記憶への壁は厚く、苛立つばかりであった。

焦ってはならない、思い出せるものを、ひとつひとつ思い出せばいい……。彦兵衛は慰めた。

左近は波除稲荷の境内に佇み、亀島川の奥に広がる海と飛び交う鷗《かもめ》を眺めていた。いや、眺めていたのではない。記憶を失った苛立ちを、懸命に鎮《しず》めていたのだ。

背後から石礫《つぶて》が飛来した。咄嗟に左近は、宙に飛んで石礫を躱し、そのまま海に身を投じた。

彦兵衛の仕業だった。海に落ちた左近は、手足をばたつかせて水飛沫《しぶき》をあげ、溺れた。だが、僅かな間だった。

左近はいつの間にか泳いでいた。

石礫を躱した見事な技、達者な泳ぎ……。

左近にしてみれば、本能が命じるままに動いただけに過ぎなかった。

次に彦兵衛は、金で雇った三人の無頼浪人に左近を襲わせた。

浪人たちの白刃が、左近に容赦なく殺到した。左近は必死に躱したが、全身に浅手を負い、次第に追い詰められていった。浪人の一人が、真っ向から左近に斬りかかった。

斬られる……。

恐怖が左近の全身を貫いた。

飛べ……。

頭の中で誰かが囁いた。左近は浪人の頭上を飛び、着地すると同時に振り返って浪人の刀を奪い、その腕を斬り飛ばした。腕は地面に落ちてから血飛沫を撒き散らした。あっという間の出来事だった。

左近は斬った。

無言のまま、据え物でも斬るが如くに……。

腕を斬り飛ばされた浪人は、我身に起きた出来事を理解出来ずにいた。だが、肩から噴き出した血飛沫を見て我に返り、狂ったような悲鳴をあげて転げ廻り、海に落ちていった。

恐ろしいほどの剣の冴《さ》えだ。

斬れ……。

恐怖を克服するには、無我夢中で闘うしかない。斬るしかない……。

左近は頭の中の囁きに鋭く反応し、何の躊躇《ためら》いもなく浪人たちを斬り棄てていた。

顔面を真っ向から二つに斬り下げ、胴を横薙《なぎ》に鋭く斬り裂いて……。

左近は酔った。稲妻のような白刃の青白い閃きと、霧のように噴きあがる真っ赤な血飛沫に……。

無頼浪人たちは、彦兵衛に貰った金を使う間もなく、死体となって海の彼方に漂っていく。

夢か……。

左近は茫然と立ち尽くした。

潮騒が遠くからゆっくりと聞こえてきた。我に返った左近は、握り締めていた血塗れの刀を見つめた。刀の切っ先から滴り落ちる血が、地面の小石を鮮やかな赤色に染めていた。

夢ではない……。

左近は気がついた。誰かの囁きは、己の本能、失った記憶からの囁きだと……。

左近は己の秘められた力を知り、少なからず動揺した。

「見事な腕ですねぇ……」

彦兵衛が現れた。

「……気の毒な事をした」

「いいえ、何人もの人を金で殺してきた獣のような奴等です。哀れみなんぞ無用ですよ。ところで剣は何流ですかな」

「分からぬ。身体が勝手に動いた……夢を見ているようだった」

「夢……」

「ええ……」

「では、夢幻《むげん》流とでもしますか」

「夢幻流……」

たとえ記憶を失っても、身に染み込んだものは消えはしない。左近が記憶を失ったのは、強烈な剣の冴えと関わりがあるのだ。彦兵衛はそう思わずにはいられなかった。

二

左近が女忍びに襲われてから数日が過ぎ、江戸の秋は一段と深まった。日本橋馬喰町の公事宿巴屋に出入訴訟が持ち込まれた。

公事宿とは、訴訟や裁判などで地方から出てきた人を泊める宿である。訴訟と言っても、吟味物《ぎんみもの》（刑事事件）は扱わず、出入物《でいりもの》（民事訴訟）だけを扱うことを許されている。公事訴訟人の依頼を受けて、町奉行所に提出する訴状の作成と手続きを代行し、関係者の身柄預かりなどを行い、筆耕代や宿泊代を稼ぎとする商売だ。

彦兵衛たち公事宿の主は、公認された免許公事師であり、現代の弁護士的存在であった。

彦兵衛は依頼人を座敷に招いた。

依頼人のお絹《きぬ》は、相州《そうしゅう》小田原《おだわら》から来た二十歳になる娘だ。お絹の父親は、神《かん》田連雀《だれんじゃく》町で小間物屋を営んでいたのだが、五年前に流行病《はやりやまい》で死んだ。亭主の死に気落ちした母親は、小間物屋を閉め、お絹を連れて小田原の実家に帰り、病の床についた。

その母親が、両国《りょうごく》の口入《くちいれ》屋萬《よろず》屋徳《とく》右衛《え》門《もん》に店の沽券状《こけんじょう》を騙し取られたのだ。沽券状とは、土地家屋の永代売渡し、つまり売買証文であり、沽券証文とも言った。

連雀町の店の沽券状は、父親が残してくれた唯一の財産だ。お絹はそれを取り戻すため、公事訴訟を起こそうと江戸に出てきたのだ。

「ほーう、訴訟の相手は、両国の萬屋徳右衛門ですか」

「はい……」

相手が悪い……。

萬屋徳右衛門は、日雇い人足《にんそく》や渡り中間《ちゅうげん》などを手配する口入屋だが、何かと噂のある暗黒街の顔役でもあった。

「それで今、連雀町の店には、誰か住んでいるのですか」

「はい、気味の悪い浪人が……」

「叔父さん、どうせ萬屋が金で雇った居座り男よ。どうぞ……」

現れたおりんが、お絹に茶を差し出した。

「さっさと追い出しちゃえばいいのよ。ねぇ」

おりんは人懐っこい笑顔をお絹に向けた。二十五、六歳になるのだろうか、大きな眼をクリクリさせて、きりっと引き締まった顔立ちをしている。

「おりん、徳右衛門が沽券状を持っている限り、そう簡単にはいかないさ」

「でも、叔父さん……」

「お前も一度は商家に嫁にいった身だ。沽券状が、どんなものかは知っているだろう」

彦兵衛の姪であるおりんは、五年前に浅草の油問屋の若旦那に望まれて嫁にいった。だがひと月後、夫になった若旦那は、酒に酔って掘割に落ち、溺れ死んでしまった。水の深さが、僅か一尺ほどしかない掘割で、惨めに溺れ死んだのだ。

おりんは悲しいより、可笑《おか》しかった。夫の余りの不甲斐《ふがい》なさと、呆気なく若後家になった自分が可笑しかった。涙も零《こぼ》れなかった。その後、おりんは叔父である彦兵衛の元に転がり込み、主婦のいない巴屋の奥を取り仕切っていた。

「じゃあお絹さん、おッ母さんが騙されたって証拠、何かないのかしら」

「騙された証拠……」

「ええ、何でもいいのよ」

「こんな物ならありますけど……」

お絹は一枚の証文を取り出した。それは、萬屋徳右衛門が書いた証文だった。内容は、沽券状の譲渡代金二百両を二十日以内に届けると約束したものだ。

「しかし、徳右衛門は二百両の代金を届けてこなかった」

「はい。二十日を過ぎても、一月《ひとつき》過ぎても……おッ母さん、心配して……それで私……」

「両国の萬屋に行ったのですか」

お絹に脅えが浮かんだ。

「でも、徳右衛門は逢ってくれない上に……」

言葉が澱《よど》んだ。

「どうかしたの」

「……店にいた男の人たちが、私を取り囲んで着物の裾を捲《まく》るのです……」

恐怖が甦ったのか、お絹の声が震えた。

「酷《ひど》い話ねぇ。叔父さん、この証文でどうにかならないの」

相手は萬屋徳右衛門だ。一筋縄で行く男ではない。おそらく汚い手を使ってでも勝ちにくる筈だ。たとえ人を殺してでも……。

彦兵衛自身、徳右衛門相手の出入訴訟に勝てる確信はない。しかし、野放しにはしておけない。自分を頼り、小田原から出てきた依頼人だ。公事宿として、やるべき事をやるしかない。

「おりん、房吉《ふさきち》を呼んでおくれ」

「そうこなくっちゃあ……」

おりんは帳場にいる房吉を呼びに行った。房吉は巴屋に数人いる下代《げだい》の一人だ。下代とは公事宿の主の手伝いをする者で、商家の番頭と言える。彦兵衛は出入訴訟を起こし、片腕とも頼む房吉に詳しく調べさせるつもりだ。

だが、相手が暗黒街の顔役萬屋徳右衛門となると、房吉一人の手に負えるだろうか……。彦兵衛は左近を思い出していた。

お絹の代理人となった彦兵衛は、月番の北町奉行所に訴状を差し出した。訴状が取りあげられるまでには、時間がかかる。彦兵衛はその間に内済、つまり示談で片付けられるかどうか、徳右衛門に逢う事にした。

萬屋のある両国下柳原同朋町《しもやなぎはらどうぼうまち》は、馬喰町と遠くはない。彦兵衛は房吉を従えて、横山町《よこやまちょう》を抜けて両国広小路に向かった。

房吉は生欠伸《あくび》をかみ殺し、盛んに首を動かしていた。滅多に見せない緊張した時の癖だ。

下代になる前の房吉は、芝口《しばぐち》の湯屋の若旦那で、博奕《ばくち》と喧嘩に明け暮れ、親に勘当された身だった。

だが、父親が高利貸しに身代《しんだい》を騙し取られ、母親を道連れに首を括《くく》った時から変わった。房吉は怒りと自己嫌悪に苛《さいな》まれて姿を消した。そして一月後、高利貸しが行方知れずになり、房吉が別人のようにさっぱりとした顔で現れた。房吉が姿を消して何をしていたのか、知る者はいない。知っているのは、房吉自身と行方知れずになった高利貸しだけなのかもしれない。

やがて、房吉は巴屋の下代になり、今や彦兵衛の片腕と呼ばれるまでになっていた。その房吉が緊張している。萬屋徳右衛門の恐ろしさを、嫌と言うほど知っているからだ。

彦兵衛と房吉は、両国広小路に出た。広小路は両国橋を行き交う人で賑わっていた。両国橋とは、本所や深川が下総《しもうさ》であった頃に架けられ、江戸と下総の両国を結ぶ橋と言うところからつけられた名だ。

二人は広小路を横切り、下柳原同朋町に入った。

徳右衛門は脂ぎった顔に嘲笑を浮かべ、彦兵衛と房吉を一瞥《いちべつ》した。

「で、北町奉行所に訴状を出したのかい……」

「ええ。だが、これからの話によっては、取り下げられる」

「……巴屋さん、儂《わし》が騙し取ったって確かな証拠、あるのだろうね」

「………」

「ふん、連雀町の店は、儂が二百両で買ったのに違いないんだ。妙な因縁はつけないで貰いたいね」

「じゃあ、お絹さんのおッ母さんが、二百両を確かに受け取ったって証文、見せていただきましょうか」

徳右衛門が赤く分厚い舌で唇を嘗《な》めた。湿った音が鳴った。房吉の喉仏が、微かに動いた。

舌で唇を嘗めるのは、危険な兆候なのかも知れない。

沈黙が訪れた。彦兵衛は萬屋が妙に静かなのに気づいた。店には若い衆がいる筈だ。それなのに静か過ぎる……。

襖《ふすま》の裏で微かな音がした。数人の人間が、畳を踏み締めた音だった。ここまでだ……。

「何《いず》れにしても萬屋さん、この出入訴訟、長くかかります。お手柔らかにお願いしますよ。じゃあ、今日はこれで……」

彦兵衛と房吉は、萬屋を出て広小路に急いだ。いつもは煩《わずら》わしいだけの広小路の雑踏が、今の彦兵衛と房吉には、妙に懐かしくありがたく思えた。

「旦那、あっしは神田に行ってみますよ」

「連雀町の店か……」

「はい、どんな浪人が住んでいるか、確かめてきます。じゃあ……」

彦兵衛は神田川沿いの道を行く房吉を見送り、踵《きびす》を返して足早に歩き出した。

お絹の母親が騙し取られた店は、神田連雀町の片隅にあった。大戸は閉められ、商売をしている気配はない。

だが、お絹の話では浪人が住んでいる筈だ。房吉は隣近所の人たちからそれとなく情報を集めた。浪人は殆ど外出せず、萬屋の若い者が酒や食い物を届けていた。

出入りしているのは、徳右衛門を始めとした萬屋に関わりがある者たちだけだ。

房吉は近所の家に赴き、金を握らせて浪人の名前を聞き出した。

氷室精一郎《ひむろせいいちろう》、それが浪人の名前だった。

房吉は氷室の顔を見届けようと、露地から板塀を乗り越えて、店の裏庭に忍び込んだ。

枯れ葉の散る裏庭は意外に広く、植木で囲まれていた。母家《おもや》の雨戸は、一枚だけが僅かに開けられており、他は閉じられている。

家の中は暗い。

房吉は中を覗こうと、開いている雨戸に忍び寄った。足が地面に埋まった。決して強く踏み締めた訳ではない。むしろ体重を殺して忍び寄ったのだ。それなのに足は埋まった。

柔らか過ぎる地面……。

穴を掘り、埋めた跡だ。房吉は枯れ葉の散った裏庭を見廻した。直径一丈《じょう》(約三メートル)程の穴が、掘っては埋め戻された跡がいたる所にあった。幾つもの穴を何のために掘り、埋めたのだ……。

そう思った時、何かが甲高い唸りをあげて飛んできた。房吉は本能的に身を背《そむ》けた。

脇腹に激痛が走り、息が止まった。撥《は》ねた火箸が、地面に落ちて突き刺さった。火箸が雨戸の奥から投げられたのだ。

房吉が身を背けなければ、火箸は胸に突き刺さっていただろう。

しかし、息は詰まったままだ。房吉は息を吐き出そうと必死にもがいた。漸《よう》やく喉が、壊れた笛のように微かに鳴った。

僅かに開いた雨戸の奥から、青白い顔色をした浪人が現れた。痩せた身体を黒紋付きの着流しで包み、闇から滲み出るように……。

氷室精一郎だった。

房吉は逃げようとした。激痛が脇腹を突きあげた。肋骨の一本が折られたのだ。

房吉は庭木に縋《すが》った。

甲高い唸りが、再び空を斬り裂いた。

氷室の投げた二本目の火箸が、房吉の着物の袖を庭木の幹に深々と縫いつけた。

仮面のように無表情な氷室が、穴を埋めた柔らかい地面に足を取られもせず、房吉を見据えてゆっくりと近づいてきた。眼の奥に残忍な冷笑が燃えている。

恐怖が一挙に噴きあがった。首を括って死んだ両親の顔が、房吉の瞼《まぶた》の裏に瞬いた。だが、氷室は仕掛けてこなかった。

仕掛けてこないどころか、足を止めて房吉以外のものを見つめていた。房吉は氷室の視線の先を追った。

左近がいた。濃紺の単衣《ひとえ》と伊賀袴《いがばかま》を着て、無腰で裏庭への木戸の傍《そば》に佇んでいた。身体のどこにも力を入れず、両手を脇に垂らした自然体で……。

氷室と左近は、微動だにせず、互いに見つめ合い、相手の出方を窺っていた。

静寂が訪れた。舞い散る枯れ葉が、交錯する二人の視線に絡み、斬り裂かれたように割れて、音もなく落ちた。

房吉は脇腹の痛みを堪えて袖を縫っている火箸を渾身《こんしん》の力で抜き、裏庭から転がるように逃げ出した。

枯れ葉が音を立てた。氷室の視線が、鋭く房吉を追った。左近の眼が機先を制するかのように微かに笑った。

氷室の視線が、素早く左近に戻った。房吉は窮地から脱した。

氷室は読もうとした。微笑みに秘められた攻撃を……。だが、左近の微笑みには、何の企ても邪気もなかった。あるのは只の微笑みだけだ。氷室は読めなかった。

左近は氷室に微笑みかけたまま、油断なく裏庭から出ていく。

「……お主、何者だ」

「左近、日暮左近……」

左近の姿が、植え込みの陰に消えた。


平助の漕ぐ屋根船は、神田川から隅田川に抜け、新大橋を潜《くぐ》って三ツ股から亀島川に入り、日本橋川を横切って進んだ。

障子に囲まれた部屋では、左近と彦兵衛が肋骨を折られた房吉の応急手当てをしていた。

両国で房吉と別れた彦兵衛は、不安を覚えて左近を連れ出し、神田川に架かる筋違《すじかい》御門の船着き場に屋根船を用意して待っていたのだ。そして、脇腹を押さえて転げ出てきた房吉を助け、続いて現れた左近を屋根船に乗せ、神田川を急いで下った。

「流石《さすが》は旦那だ。いい勘していますぜ。本当に助かりました……」

両親の顔が、瞼の裏に浮かんだのを思い出しながら、房吉は礼を言った。

危険を察知した彦兵衛の勘は、常に誰かと訴訟で争ってきた公事師稼業が培ったものだ。彦兵衛自身、それを素直に喜んではいない。

人と争うのが仕事、因果な商売だ……。

「房吉、暫《しばら》く鉄砲洲にいる方がいいだろう」

「旦那、たかが肋骨の一本、どうってことはありませんよ」

「そうはいかない。忍び込んだのが、巴屋の下代だと知れれば、この公事訴訟は不利になるだけだ。ここは暫く大人しくしているんだ。いいな」

彦兵衛の念押しに房吉は不服そうに頷いた。

「それにしても恐ろしい男だな、氷室精一郎って浪人は……」

「へい、まるで能面でも被ったような顔しやがって……ああいうのは、きっと人を嬲《なぶ》ったり苛《さいな》んだりするのが、好きで好きで堪《たま》らねぇって野郎ですぜ」

「うむ……ところで左近さん、氷室に勝てますか」

「分かりません」

「分からないって……左近さん、氷室の野郎を睨みつけて、釘付けにしたじゃありませんか、お陰であっしは逃げられたんですぜ」

「でしたら左近さん……」

「殺し合って見ぬ限り、何も分からない……」

左近の声には、昂《たか》ぶりも脅えもなく、淡々とした響きしかなかった。


やがて屋根船は、亀島川の高橋《たかばし》を潜り、八丁堀との合流点に架かる稲荷橋に近づいた。

日が暮れてから、おりんが医者の太田玄石《おおたげんせき》を連れてやってきた。房吉の肋骨は、やはり一本折れていた。彦兵衛と親しい玄石は、余計な事は尋ねず、手際良く房吉の治療をして帰っていった。

おりんは近所の仕出し屋からとった料理を並べ、左近に湯呑みを渡し、酒を酌した。

「すまぬ」

「どういたしまして……」

左近の酒は静かだ。ひたすら静かに酒を飲む。酔って足を取られたり、正体を失うこともない。

おりんは気にいっていた。淡々と酒を飲む左近の横顔が……。抱き締めたいほど好きだった。

「おりん、店に変わったことはないな」

「ええ、萬屋の連中、覗《のぞ》きにくるかと思っていたけど、誰も来ませんでしたよ」

「間違いないだろうな」

「そりゃあもう……隣近所の人たちとは、普段から仲良くしているからね」

訴訟を生業《なりわい》にする公事宿は、逆恨みされて襲われたり、付け火をされる恐れがある。おりんはその備えとして、隣近所に住む暇な隠居や妾稼《めかけ》業の女たちと親しくし、店の周囲をそれとなく気にして貰い、情報を得ていた。

裏に住む大店《おおだな》の主の妾の報せで、出入訴訟に負けた男の付け火を未然に防いだ事もある。

おりんの誇る監視網の情報を、今のところは信じていいだろう。

だが、萬屋の徳右衛門が、連雀町の家に忍び込んだ房吉を、巴屋と関わりのある者だと気づかぬ筈はない。彦兵衛は徳右衛門の沈黙を不気味に感じた。

「それにしても旦那、どうして奴らは、あんなに庭を掘り返したんでしょう」

「うむ……」

「もっと分からないのは、せっかく騙し取った家を遊ばせて、氷室みてえな薄気味の悪い浪人を、住まわせている訳ですよ」

「房吉さん、そりゃあ家を守るためだろう……」

「守るったって、おりんさん。いきなり火箸で突き刺そうってんですよ。あっしはもう駄目だと諦めたぐらいですぜ」

「だから人を殺してでも守りたい、大切な物があるんだよ」

「大切な物ねぇ……」

「穴だな……」

「穴……何の事よ、叔父さん」

「裏庭の穴を掘って埋めた跡だ。そりゃあきっと、何かを探して掘ったんだよ。だが、探し物はなかなか見つからない。ま、そんなところだな」

「じゃあ旦那、徳右衛門の野郎は、そいつを好き勝手に探すため、お絹さんのおッ母さんを騙したんですかい」

「ああ、ひょっとしたら家の中も、穴だらけかもしれないな」

「本当にそこまでしているのなら、探し物は相当なお宝よね」

「お宝か……」

「ええ、きっとそうよ、叔父さん」

「じゃあ、お絹さんの死んだお父ッつあん、金を貯め込んでいたんですかね」

「そりゃあないわよ。お絹さんに聞いたけど、お父ッつあんの小間物屋、大店って訳じゃあなかったんだから……」

「じゃあお父ッつあんは、その昔、盗人で、盗んだ金を家の何処かに埋めて隠していた。それを知っていた野郎が、徳右衛門に教えた。違いますかね」

「房吉、お絹さんのお父ッつあんはな、十二の歳に小間物問屋に丁稚《でっち》奉公に出て、二十の歳に手代になり、二十八の歳に所帯を持って店を出した。盗人の真似なんかする暇もなく、働き詰めに働いてな……そいつは、お絹さんの話や昔の奉公先に聞けば、分かることだ」

「そうですか……」

「一体、何だろうねぇ、お宝って……」

「あの家、昔から小間物屋だったのかな」

思いがけない声がした。虚を衝かれた彦兵衛たちが、互いに顔を見合わせて振り返った。

壁に寄りかかった左近が、静かに茶碗酒を飲んでいた。

子分たちの声と床下を掘る音が、隣の六畳間から聞こえていた。既に床下を掘り終えた居間では、萬屋徳右衛門と氷室が酒を飲んでいた。

「日暮左近……」

「知っているか」

「いいや、聞いたことのない名前だが……巴屋の用心棒かも知れないな」

「かなりの手練《てだ》れだ。気をつけるのだな」

「言われるまでもない。家の中の調べは、まだまだこれからだ。彦兵衛の奴、公事訴訟などと、煩わしい真似をしやがって……」

「勝てるのか」

「氷室さん、手は幾らでもありますよ」

「……ところで親方、この家の何処《どこ》かにあるのは、間違いないのだな」

「そいつは今、お蝶《ちょう》が確かめているが、何しろ相手は海千山千の石庵《せきあん》だ。のらりくらりして、なかなか埒《らち》があきゃあしない。今はやれることをやっておくしかないのさ……」

徳右衛門は酒を啜りながら唇を嘗めた。唇は酒に濡れ、てかてかと光った。かなり苛立っていた。

「親方……」

「どうした、何か出たか」

子分の紋次《もんじ》が、六畳間の襖《ふすま》を開けて顔を出した。畳の上げられた六畳間では、数人の半裸の子分たちが、汗と泥に塗れて穴を掘っていた。

「それが、二間《けん》ほど掘り下げましたが、大した物は出てこねぇんで……どうします」

「だったら、他の部屋の床下をさっさと掘りゃあいいんだよ」

押し殺した声は、怒りと焦りに満ち、微かに震えていた。慌てて返事をした紋次が、逃げるように襖を閉めた。

「親方、ひと思いに家を壊して、掘り返してみてはどうだ……」

「そんな派手な真似をしたら、どんな横槍が入るか分かりゃあしねぇ。面倒でも、今は大人しくやるのが、一番ですよ」

徳右衛門が苛立ちと怒りを飲み込むように酒を呷《あお》った。溢れた酒が、でっぷりと突き出した徳右衛門の腹に零れた。

氷室が頬を歪めて微かに笑った。嘲《あざけ》りの笑みだった……。

三

町名主《まちなぬし》の家の玄関は広い。その片隅に左近がいた。出された茶に手もつけず、町名主が戻ってくるのを待っていた。

町名主とは、町奉行を頂点にした町支配組織にあり、町年寄の下にあって町触れの伝達、人別《にんべつ》改め、訴訟和解の斡旋《あっせん》や不動産売買の仲介などを役目とした公職で、この頃には二百五十人以上いたとされる。

公職とは言っても、町名主に役所はなく、公務は自宅で取り扱っていた。町人である以上、玄関を構えるのを許されていない。だが、幕府は町方支配の都合上、町名主の家に玄関を作るのを黙認していた。

左近は公事宿巴屋の出入物吟味人として、その広い玄関で待っていた。

昨夜、左近は暫く身を隠す必要のある房吉に代わって、出入訴訟の裏に秘められている事実を詳しく吟味してくれないかと、彦兵衛に頼まれた。

命を助けて貰った上、いつまでも無為徒食の居候でいる訳にはいかない。それに吟味で町を出歩けば、自分の過去を知っている女忍びに逢えるかも知れない。左近は出入の吟味を引き受けた。

「日暮様、とんでもないことが分かりましたよ」

町名主が奥から出てきた。

「とんでもないこと……」

「ええ。昔も昔、公方《くぼう》様が三代目の家光《いえみつ》公の頃ですから、ざっと百六十年も大昔になりますか……あそこには、謀叛《むほん》人の棲家《すみか》があったのですよ」

謀叛人の棲家……。

左近は意外な成り行きに驚いた。

「謀叛人とは誰です」

「それが、由井正雪《ゆいしょうせつ》って軍学者ですよ」

「由井正雪……」

「はい。連雀町のあそこには、張孔《ちょうこう》堂と言う由井正雪の軍学道場があったのです」

記憶を失っている左近は、由井正雪がどのような謀叛人か分からなかった。だが、今度の公事訴訟とおそらく関わりがある。

町名主のところで分かったのは、その昔、お絹の父親が営んでいた小間物屋の場所に由井正雪と称する謀叛人が住んでいたという事実だけだった。左近は町名主に礼を述べ、広い玄関を後にした。


秋の日差しは、鍛治町通りに連なる家並の影を長く延ばしていた。左近は僅かに残る日当たりを、日本橋に向かっていた。

百六十年前の謀叛人、由井正雪。

謀叛人……。

魅力的な響きを持つ言葉だ。記憶を失ってから、初めて心地好く感じた言葉だ。理由は分からないが、そう思えてならなかった。

町娘が肩を触れ合わんばかりに擦れ違った。風が短く鳴り、何かがきらめいた。

咄嗟に左近は飛んだ。

細い手裏剣が、呉服屋の壁に突き刺さり、僅かばかりの日差しにキラリと輝いた。女忍びだ。

左近は辺りを見廻した。だが、町娘姿の女忍びは、陽炎《かげろう》のように消えていた。

行き交う人々が、佇む左近を怪訝に見ながら擦れ違っていく。一瞬の出来事だった。気づいたのは、当事者である左近と女忍びだけであろう。

陽炎のような女忍び……。

左近は呉服屋の壁に刺さっている手裏剣を抜いた。畳針のように細い手裏剣だ。黒い液体が、針の先に塗り込んであった。毒だ。

陽炎は俺を監視している……。

いつ何処で襲われるか分からない。左近は緊張感を覚えた。心と身体が引き締められていく。懐かしい感触だった。


お絹が持ち込んだ公事訴訟の裏には、百六十年前の謀叛人由井正雪が、潜んでいるのかも知れない。

「由井正雪とは驚きましたね……」

巴屋で左近の報告を受けた彦兵衛が、呆れた顔をした。

「どのような謀叛人か、知っていますか」

「講釈師程度にはね」

「教えてくれませんか……」

徳川家康《とくがわいえやす》が征夷大将軍になってからおよそ五十年が過ぎ、孫の家光が三代将軍だった慶安《けいあん》年間、巷《ちまた》には浪人が溢れていた。

浪人の多くは、徳川との合戦に破れた敗残者たちと廃絶された大名家の家臣だ。組織から落ちこぼれた浪人たちは、当然の如く幕府に不平不満を抱いていた。

そんな浪人たちの不平不満を吸収したのが、由井正雪だった。

駿河《するが》の国に生まれた由井正雪は、楠木正成《くすのきまさしげ》の子孫と称する楠木不伝の教えを受け、楠木流軍学を修めた軍学者となり、五千人の門弟を擁《よう》した。

その軍学塾である張孔堂が、神田連雀町のお絹の父親が営んだ小間物屋の場所にあったのだ。

慶安四年、由井正雪は門弟の丸橋忠弥《まるはしちゆうや》や金井半兵衛《かないはんべえ》たちと計り、政治改革と浪人救済を旗印に幕府転覆の謀叛を企てた。だが、企ては破れ、正雪は駿河の旅籠《はたご》『梅《うめ》屋』で自刃して果てた。世に伝えられる慶安事件である。

その時、正雪は何万両もの軍資金を残したと伝えられていた。その軍資金が、何処にあるのか分からないまま、百六十余年の時が過ぎていた。

口入屋の萬屋徳右衛門は、正雪の残した軍資金を狙っていた。そして、その軍資金が、お絹の父が営んでいた鳩《きゆうきよ》居堂の敷地内に埋められていると睨み、お絹の母親から沽券状を騙し取った。それが、お絹の持ち込んだ公事訴訟に秘められた真相だったのだ。

「何万両もの軍資金など、本当にあるのでしょうか……」

「さあ、俄《にわか》には信じられませんが、今までに何度か噂になったのは確かです」

「そうですか……」

徳右衛門があの家にこだわるのも無理はない。最早、内済《ないさい》で終わらせる望みは消えた。徳右衛門はどんな手を使ってでも、店の沽券状をお絹に返しはしないだろう。公事訴訟そのものさえも、無事に進むかどうかは分からない。

だが彦兵衛は、訴訟を依頼された公事宿の主として、大人しく尻尾を巻く訳にはいかなかった。

上等だ、徳右衛門の鼻を明かしてやろうじゃないか……。

彦兵衛は静かな闘志を燃やした。

左近は何万両もの軍資金より、由井正雪に興味をそそられた。一介の軍学者が、浪人たちを率いて謀叛を起こした。

面白い……。

「左近さん……」

彦兵衛が呼んでいた。

「……何か」

「どうしたのです、ぼんやりして……」

「いえ……」

「じゃあ、宜しくお願いしますよ」

「何のことです、彦兵衛殿」

「流石の左近さんも、何万両もの軍資金と聞き、毒気を抜かれましたか……」

彦兵衛は左近の沈黙を誤解し、苦笑しながら再び告げた。

徳右衛門が由井正雪の軍資金を探し始めたのは、おそらく何らかの手掛かりを見つけたからに他ならない。それが何であるのか突き止めれば、事件の全貌が明らかになるかも知れない。

出入物吟味人日暮左近が、次にやるべき仕事が決まった。


桂田《かつらだ》石庵は布団の上に仰向けに寝ていた。痩せて皺《しわ》だらけの裸体は、老人特有の醜さに満ち溢れていた。

お蝶は石庵に抱かれながらも、懸命に役目を果たそうとした。

「ご、御隠居、軍資金は何処に……」

「まだまだ……」

「お願い、教えて……」

「教えて欲しければ、もっとだ……」

お蝶は湧きあがる快感を必死に耐えた。

全てはこの醜い老人から始まった。茶湯の宗匠《そうしょう》である石庵は、弟子の一人である高利貸しが、借金の形《かた》に取った古い青磁《せいじ》の茶碗を譲り受けた。『伊呂波《いろは》茶碗』と蓋書きされた桐《きり》の箱に入った茶碗は、柔らかい鹿革に包まれ、数枚の反故《ほご》紙で守られていた。その数枚の反故紙に、由井正雪の軍資金のことが記されていた。

石庵は、若い頃の博奕仲間の徳右衛門に取引を持ちかけた。正雪の軍資金の事が記されている反故紙と、予《かね》てから目をつけていた徳右衛門の妾であるお蝶との交換を……。

欲にかられた徳右衛門は、反故紙と引換えにお蝶を譲り渡した。だが、軍資金を埋めた場所を記した肝心の部分は、石庵が握っていた。

徳右衛門は怒り狂った。だが、年老いた石庵を拷問すれば、死ぬのは目に見えていた。

殺しては何にもならない……。

徳右衛門はお蝶に告げた。

軍資金を埋めてある場所を聞き出せば、分け前として千両やる、と……。

千両もの大金があれば、徳右衛門に借りている百両余りの金も返せるし、女郎から妾と続いた長い淫売暮らしからも解放される。

お蝶は承知した。だが、石庵は徳右衛門とお蝶の企みを読んでいた。

「儂を喜ばせれば、いつでも教えてやるさ」

石庵は楽しげに笑い、お蝶の肉付きのいい身体を執拗《しつよう》に玩《もてあそ》んだ。

お蝶は必死だった。だが、石庵の異常な行為に、勝てはしなかった。軍資金の詳しい埋蔵場所を聞き出すまで、石庵に抱かれなければならない。

石庵は醜い老体をだらしなく弛緩《しかん》させ、鼾《いびき》をかいて眠っていた。

殺してやりたい……。

お蝶は殺意を抱いた。だが、それは叶う筈のない殺意だ。

お蝶は惨めさを噛み締めた。

古着屋の屋根裏部屋から萬屋が見通せた。左近は彦兵衛が借りた屋根裏部屋に潜み、徳右衛門の行動を見張った。

数日が過ぎた。徳右衛門の行動は同じだった。昼間は口入屋の仕事をし、夜は連雀町の家に行く。見張りは、単調で退屈なだけだ。

だが、左近は静かに見張りを続けた。いつの間にか左近は、往来する人々の数や、萬屋の背後にある神田川を行き交う船を数え、辺りの地形を頭に入れていた。

いつから始めたのか、覚えはなかった。気がついた時には、始めていたのだ。ひょっとしたら過去にも、同じ様なことがあったのかもしれない。

自分は一体、何者なのだ……。

左近はそう呟き、屋根裏部屋で女忍び陽炎の気配を探り、その姿を眼下の往来に探した。

できるものなら、陽炎に己の正体を尋ねてみたい……。

だが、陽炎はいなかった。

萬屋の表に徳右衛門が現れて町駕籠に乗った。

町駕籠は両国橋を渡り、隅田川沿いを北に向かい、吾妻《あづま》橋の橋詰を通り抜け、源兵衛《げんべえ》橋を渡って向島に入った。

いつもと違う所に行く……。

左近は微かに緊張しながら、町駕籠を尾行した。

やがて、徳右衛門の乗った町駕籠は、向島に入り、秋葉権現の隣にある料理屋『大七《だいしち》』に到着した。『大七』は鯉《こい》料理で名高い料理屋だ。

町駕籠を降りた徳右衛門は、女将《おかみ》と仲居たちに迎えられて店に入っていった。

徳右衛門は『大七』で誰かと逢う。左近は忍び口を探した。

植え込みの陰に潜んだ左近は、障子を開けたままの離れ座敷を見守っていた。

離れ座敷では、徳右衛門がかなりの身分と思われる武士に酒を勧め、盛んに何事かを説明していた。障子を開けてある以上、下手に近づけば見咎《みとが》められるだけだ。

障子を開け放ったのは武士だ。武士は小柄ながらも、引き締まった身体をしていた。鋭い眼と真一文字に結ばれた唇は、左近が忍び寄るのを許さなかった。

徳右衛門の説明が終わった。

「……それで、事を握り潰せと申すのか」

「はい。御前《ごぜん》様のお力で……神尾《かみお》様、お取りなし、どうか宜しくお願い申しあげます」

神尾と呼ばれた武士は、鋭い眼差しで徳右衛門を一瞥した。徳右衛門は思わず身を縮めた。

「僅かな金子《きんす》を惜しんだばかりに、面倒な事になったものだな……」

「申し訳ございません」

神尾にどう厭味をいわれようが、額を畳に擦りつけるしかない。徳右衛門は必死だった。

「徳右衛門、見つけた時は、山分けでは済まぬぞ。良いな……」

「それはもう、篤《とく》と心得ております」

頭から流れた汗が、徳右衛門の眼に染みた。

日が暮れた。『大七』を後にした神尾は、付近の船着き場に待たせてあった屋形船に乗り、綾瀬《あやせ》川の支流を進んだ。左近は岸辺伝いに追跡をした。

やがて、神尾の乗った屋形船は、大きな武家屋敷の船着き場に近づいた。船着き場の番人が現れ、柵を引き上げて屋形船を通し、再び柵を降ろした。

追ってきた左近は、黒々と聳《そび》える屋敷を見上げた。

何者の屋敷なのだろう……。徳右衛門と逢った武士が、屋敷の主である筈はない。黒々と聳える屋敷の大屋根は、翼を広げて獲物を狙う大鷲に似ていた。左近は不気味な威圧感を覚えた。

とにかく屋敷の主が、何者なのか突き止めなければならない。当時の武家屋敷には、表札や看板は掲げられていない。左近は切絵図で調べる事にして、向島の寺島《てらじま》村から引き上げた。


向島から鉄砲洲の波除稲荷への帰り道は、隅田川沿いに下って永代橋を渡るのが、分かりやすい道筋だ。

左近は夜道を急いだ。永代橋の上に差しかかった時、橋詰に二人の浪人が佇んでいた。浪人たちに橋を渡る気配はない。左近は足を止めて背後を振り返った。

二人の浪人が、ゆっくりとやってきた。

俺を斬りたがっている……。

陽炎と同じ過去からの刺客《しかく》か、それとも徳右衛門の手の者なのか……。

いずれにしろ、左近を殺しに来たのに間違いなかった。

隅田川に飛び込んで逃げるのは簡単だ。だが左近は、敢えて闘いを選んだ。自分が何者か知るためには、どのような闘いでも受けるしかないのだ。

突破する……。

左近は橋を渡り始めた。

橋詰にいた浪人たちが刀を抜き、背後の浪人たちが猛然と駆け寄ってきた。左近は歩調を崩さなかった。背後からの浪人たちが、すぐ後ろに迫った。

次の瞬間、左近が消えた。いや、消えたと見えただけで、左近はいきなり身体を横に投げ出したのだ。背後から来た浪人たちが、狼狽してたたらを踏んだ。

その隙を突いた左近が、弾けたように浪人の一人に飛びかかり、腰の刀を奪い取って閃かせた。刀を奪われた浪人の腕が、夜空に飛んで隅田川に落ちた。

橋詰にいた二人の浪人が、太刀風を鳴らして斬りかかった。左近は躱《かわ》さず、逆に鋭く踏み込んで一人の首を刺し貫いて押さえ、袈裟掛けに斬りつけてきたもう一人の刀の盾にした。首を刺し貫かれた浪人は、仲間に背を斬られ、茫然と眼を見開いた。

左近は浪人の首から素早く刀を抜き、仲間の背を斬った浪人に突き飛ばした。浪人は首から血飛沫を噴出し、自分を斬った仲間の眼を狂わせた。

左近は素早く刀を閃かせた。顔面に血飛沫を浴びていた浪人が、腹を深々と斬られて棒のように倒れた。

残るは一人……。

左近は残った浪人と対峙した。

その時、腕を斬り飛ばされた浪人が、狂ったような奇声をあげ、片腕で左近に抱きついてきた。左近は斬った。だが、片腕を失った浪人は、怯《ひる》まずに左近の身体にしがみついた。

左近の動きが鈍った。残った浪人が、雄叫《おたけ》びをあげて猛然と左近に斬りかかった。

左近は必死にしがみつく浪人諸共、背後に倒れながら刀を突き立てた。斬りかかった浪人が、左近の上を駆け抜けて振り返った。

静寂が訪れた。振り返った浪人の足元に血が滴り落ちた。

左近は浪人が自分を上を駆け抜けた時、突き立てた刀で下腹部を抉《えぐ》ったのだ。

浪人の身体が大きく揺れ、欄干の向こうにゆっくりと転落し、大きな水音を鳴らした。

左近はしがみついている浪人に尋ねた。

「誰の命令で襲った……」

だが、浪人は既に死んでいた。

遠くで役人の呼笛が鳴り響き、橋詰には斬り合いに気づいた橋番たちが集まり始めていた。

左近は刀を棄て、血に濡れた着物を脱ぎ、下帯一本になった。手足は無論、胸や肩が浪人たちの血で汚れていた。左近は脱いだ着物を纏《まと》めて腰に結び、欄干から隅田川に飛び込んだ。

川の冷たい水は、斬り合いに煮え滾《たぎ》った左近を鎮めてくれた。

江戸湊には、停泊している様々な船の明かりが見える。左近は鉄砲洲の波除稲荷に向かって静かに泳いだ。

忍び姿の陽炎が、永代橋の下から泳ぎ去る左近を見送っていた。

浪人たちと闘う左近。その動きにつけ込む隙はなかった。

やはり強い……。

左近の強さを改めて思い知らされた陽炎は、覆面の下で悔しく唇を嚙み締めた。

左近は月光にきらめく波頭の彼方に消えていった。

四

向島の切絵図が広げられた。

「その武士が乗った屋形船、船着き場からどっちに行ったのですか……」

左近は切絵図に描かれている綾瀬川の支流を追い、一軒の武家屋敷を指した。

「旦那、この屋敷は……」

房吉が驚いたように彦兵衛に声をかけた。

「ああ……左近さん、このお屋敷に間違いありませんね」

「間違いない。誰の屋敷ですか……」

「中野《なかの》碩翁《せきおう》様の御屋敷ですよ」

「中野碩翁……何者です」

「何者って、公方様御寵愛《ちょうあい》の御側室お美代《みよ》の方様のお父上様ですよ。もっとも父親たって養い親ですがね」

「恐ろしい奴のようですね……」

「そりゃあもう……ねぇ、旦那」

「左近さん、中野碩翁様はね、御公儀のお偉方でさえも、下手に手出しのできないお方でしてね。得体の知れぬ恐ろしい妖怪と呼ばれているのですよ」

「妖怪……」

「ええ、徳右衛門が『大七』で逢っていたお侍は、きっと中野様の御家来でしょう」

「それにしても旦那、徳右衛門の野郎、何の用で、妖怪の家来に逢ったんでしょうね」

「さあな……」

黒い大きな影が、静かに覆い被さってきた。徳右衛門の背後には、妖怪中野碩翁が潜んでいるのかも知れない……。

彦兵衛は不吉な予感にとらわれた。

妖怪中野碩翁……。

大鷲が翼を広げたような不気味な屋敷……。

「妖怪に逢ってみたいな……」

彦兵衛と房吉は、左近の大胆な言葉に驚いた。

「いや、いつかきっと逢えよう……」

左近は確信を持って呟いた。

数日後、巴屋に北町奉行所から差し紙が来た。差し紙は、公事訴訟人のお絹と公事師彦兵衛への出頭命令だった。

いよいよ公事訴訟が始まるのだ。これから担当の内与力により、お絹と彦兵衛、徳右衛門に対して吟味が重ねられ、裁きが下される。

指定された日、彦兵衛はお絹を連れて、朝から北町奉行所に赴《おもむ》いた。二人は公事人溜まりで待たされ、白州に呼び込まれた。

彦兵衛は動揺した。徳右衛門が呼ばれていないと知って……。

何故だ……。

内与力の柴田平内《しばたへいない》が、お絹の訴訟取り下げを告げた。

「柴田様、何故……何故のお取り下げにございますか」

「巴屋、萬屋徳右衛門より神田連雀町にある家の沽券状譲渡代金二百両、訴訟申し立て人お絹の母親に払い終え、受け取ったとの爪印を押した受取証文が差し出されたのだ。故に沽券状の売り買いに不審なく、此度《こたび》の公事訴訟、成り立たぬ故、却下致すと心得い」

お絹は愕然《がくぜん》として息を飲んだ。

「そんな馬鹿な……」

彦兵衛が思わず洩らした。

「黙れ彦兵衛、その方、お上のお裁きに従えぬと申すか」

「いいえ、そうではございませぬ。お願いにございます、柴田様。これなるお絹の母親が爪印を押したという受取証文、見せてはいただけませぬか」

「ならぬ。早々に退がれ、引き取るが良い」

柴田の苛立った声が、彦兵衛とお絹を白州から追い立てた。


お絹の公事訴訟は却下された。衝撃を受けたお絹は、巴屋の自分の客室に閉じ籠もってしまった。

「冗談じゃねぇ、旦那。こいつは妖怪の差し金じゃありませんかね」

「房吉、お前もそう思うかい」

「ええ、こいつが徳右衛門の野郎と妖怪の家来が、『大七』で逢った理由ですよ。妖怪の手にかかりゃあ、町奉行なんぞ赤子も同然、ひと捻りですからね」

「彦兵衛殿、ならば妖怪も、由井正雪の軍資金に絡んでいるのですか」

「きっとね……」

「暢気《のんき》なこと、言っている場合じゃないわよ、叔父さん。お絹さん、がっかりしちゃって……このままじゃ寝込んでしまうわよ」

お絹の落胆は、彦兵衛や房吉たち公事宿の者にとり、屈辱でしかなかった。

「旦那、このまま尻尾を巻く訳じゃありませんよね」

「心配するな、房吉。私は公事宿の主。依頼人のためには、やれるだけのことはするよ」

「そうこなくっちゃあ……」

「でも、お奉行所が一度下したお裁き、取り消すかしら」

「奉行所にも面子がある。まあ、無理だな」

「じゃあ、どうするのよ」

「沽券状の代金、何倍にもして払わせるしかあるまい」

「仰《おつしや》る通りで……」

「何倍も払わせるなんて……徳右衛門が、払う訳ありませんよ」

「正雪の軍資金か……」

「流石は左近さんだ。どうです、由井正雪の軍資金を先に見つけて、妖怪と徳右衛門を出し抜くってのは……」

「……彦兵衛殿、わたしは公事宿巴屋の出入物吟味人。何でもします……」

お絹に笑顔を取り戻してやりたい。左近は不敵な笑みを浮かべた。

「大変だ。大変ですよ、旦那様、おりんさん」

婆やのお春《はる》が、血相を変えて駆け込んできた。

「どうしたの、お春さん」

「お絹さんが、いつの間にか、部屋からいなくなっちまったんですよ」

確かにお絹は、巴屋から消えていた。

左近と房吉たち店の者が、すぐに巴屋の界隈を探した。だが、お絹は見つからなかった。

「左近さん、房吉さん……」

おりんが駆け寄ってきた。

「いましたかい、お絹さん」

「お絹さん、両国の方に行ったらしいの、隣のご隠居さんが、見たって……」

両国……。

「左近さん、まさかお絹さん、萬屋の徳右衛門の所に……」

次の瞬間、左近は両国に向かって走り出していた。房吉が慌てて追った。

お絹は手をついて頭を下げた。徳右衛門が嘗めるような目つきで見下ろしていた。

お絹の襟足が、微かに紅潮し、震えていた。

生娘だな……。

徳右衛門はお絹をそう見た。

「お前さんが、儂を訴えたお絹さんですか」

目つきとは裏腹の優しい口調だった。

「はい。萬屋様、どうか……どうか、連雀町の家をお返し下さい。お願いします」

「お絹さん、あの家は、お前さんのおッ母さんが、儂に売ってくれたのだよ」

「でも……でもおッ母さんは、お金なんか……」

お絹は必死だった。

「お絹さん、儂に因縁をつけに来たのですか」

「因縁だなんて、そんな……」

お絹は脅えた。徳右衛門の妙に優しい口調が不気味であり、恐ろしかった。やはり、来るべきではなかった……。お絹は後悔した。

まるで、追い詰めた兎をいたぶるようだ……。徳右衛門は密かに苦笑を洩らした。

「ま、どうしてもと言うのなら、今、あの家に住んでいる人に頼んでみるんですね」

「住んでいる人に……」

「ええ、そうすれば何とかなるかも知れませんよ。重吉《じゅうきち》……」

「お呼びですか、旦那……」

隣の部屋から番頭の重吉が現れた。

「お絹さんを氷室さんに逢わせておやり」

「へい、承知しました。さあ、お絹さん、あっしと一緒においでなさい……」

重吉が柔和な笑顔で誘った。

不気味な徳右衛門と離れられる……。

お絹は重吉の誘いに頷いていた。


子分たちが房吉と左近を取り囲んだ。

「……騒ぐんじゃあねぇ、俺たちは徳右衛門の親方に用があって来たんだ。さっさと取り次いで貰おうか」

房吉が子分たちを怒鳴りつけた。

「……お絹と申す娘が来ている筈だ。ここに呼んで貰おう」

「お前さん、何者だい……」

徳右衛門が奥からのっそりと現れた。

「巴屋出入物吟味人、日暮左近……」

徳右衛門は氷室の忠告を思い出し、僅かに緊張した。

「巴屋の出入物吟味人ねぇ……」

「徳右衛門、お絹さんを出して貰おう」

「お絹なら、とっくに帰ったぜ」

余裕が窺えた。徳右衛門の言う通り、お絹は既に萬屋にはいないのだ。遅かった。左近は悔やんだ。

「惚《とぼ》けるんじゃやねぇ」

「……房吉。お前も物分かりが悪くなったな」

徳右衛門が分厚い舌で、ゆっくりと唇を嘗めた。房吉の喉仏が微かに動いた。

二人とも爆発寸前だ。

「房吉さん……」

左近は房吉を押し止め、ゆっくりと前に出て、徳右衛門の眉間にいきなり人指し指を突き立てた。

「何をしやがる」

子分たちが徳右衛門の怒声に応えて身構えた。

「動くな……動くと、わたしの指がお前の眉間を抉る……」

指先を当てられた眉間が、痺れてきた。徳右衛門の顔が歪み、顔色はどす黒く変わった。

「……お絹さんは、何処に行った」

「ふん、殺す気なら、殺すがいいさ……」

流石は裏稼業で親分と呼ばれている男だ。腹を据えるのも早ければ、開き直るのも早い。

最早、これまでだ……。

左近は房吉を連れて萬屋を出た。

「左近さん……」

「お絹さんはきっと連雀町です……」

連雀町の家は静まり返っていた。左近と房吉は、油断なく家の中に入った。

家の中は、床下のあらゆる所が掘り返され、人が住めぬほどに荒らされていた。

最早、家とは言えない。左近と房吉は、お絹を探した。誰もいなかった。

お絹も氷室も……。

房吉の悔しい舌打ちが、虚しく響いた。左近は懸命に人の気配を探った。いつの間にか、気を集中させていた。

気配があった。左近は素早く雨戸を開けた。裏庭に氷室精一郎が佇んでいた。

お絹はいない。

「お絹さんは何処だ……」

「……無事に返して欲しければ、手を引け」

恐れていた通りの答えが返ってきた。お絹は捕らえられ、何処かに監禁されたのだ。

「さもなければ、お絹は死ぬ……」

「手前……」

房吉が裏庭に飛び出そうとした。一瞬早く左近が止めた。房吉が飛び出せば、氷室の抜き打ちが、容赦なく浴びせられた筈だ。

「左近さん……」

「お絹さんを死なせてはならぬ」

今は引き下がるしかない。お絹を助け出すまでは、下手に手出しはできないのだ。

お絹は必ず助け出す……。

左近は己に誓った。

第二章　正雪の埋蔵金

一

危険な状況だ。一刻も早くお絹を助け出さなければならない。

だが、お絹の行方を知る徳右衛門は、店を番頭の重吉に預け、氷室と共にいち早く姿を消してしまった。

今のところ、左近と彦兵衛にお絹を探す手掛かりはない。連雀町の家の床下は、紋次たち子分によって掘り続けられていた。

「あれだけ掘っても出ないところをみると、正雪の軍資金は、別の場所にあるのでしょう」

「左近さんもそう思いますか」

「彦兵衛殿も……」

「ええ……そいつが何処かは、奴等も知らない。そこは我々と同じだが、正雪の軍資金話の出所を知っているだけ、奴等は有利です」

「やはり、軍資金話の出所を突き止めるしかありませんか……」

「きっとね……」

「叔父さん、左近さん、そんなことより、お絹さんよ。お絹さんを一刻も早く助け出さなきゃあ、公事宿巴屋の名前が泣くわよ」

傍らに座ったおりんが、苛立たしげに彦兵衛と左近を睨みつけた。

「おりん、そいつは百も承知だよ……」


波除稲荷の石垣に砕けた波が、月光にきらめきながら散っていた。

左近は浜辺に佇んでいた。お絹を思うと心が痛む。だが、監禁されている場所が分からない限り、下手な動きはお絹の命を危険にさらすだけだ。

「ごめんなさいね……」

おりんが細長い風呂敷包みを抱き、波除稲荷の傍の石段を降りてきた。

「左近さんや叔父さんの気持ちも考えず、余計なこと、言って……本当にごめんなさい」

「いや、おりんさんの言う通りだ。わたしたちは正雪の軍資金より、お絹さんの身を心配しなくてはならない……」

「でも、お絹さんを取り戻す確かな手立ては、軍資金の在《あ》り処《か》を突き止めて、引換えにするのが一番。違う……」

「確かにそうです。しかし、それでは手遅れになるかもしれません」

「手遅れって、お絹さんの身に……」

それ以上、おりんは言えなかった。白波の向こうには、佃島の明かりが瞬き、停泊している千石船の灯が揺れている。

お絹の救出と軍資金の探索……どちらにしろ、事は急がなければならない。

攻めろ……。

失った記憶が囁いた。

そうだ、攻めるしかない……。

記憶を喪失する前の自分なら、きっとすぐにそうしていたのだ。

「左近さん……」

おりんが真新しい刀を差し出していた。

「これは……」

「叔父さんが、左近さんに渡せと……」

左近は刀を抜いた。打たれたばかりの新刀の匂いが漂った。

長さ二尺三寸、幅はやや広目で肉厚、刃紋は力強く波打っている。無骨だが素直な作りだ。

「名のある刀鍛冶の作……」

「まさか……叔父さんの話じゃあ、いつも酔っ払っている刀鍛冶だそうですよ」

寮に戻った左近は、刀の目釘を抜いて茎《なかご》を見た。茎には、『無明《むみょう》』の文字が彫られていた。

無明……。

刀鍛冶の銘《めい》ではない。仏教語である。真理に暗い無知のことで、最も根本的な煩悩《ぼんのう》をいう。ならば刀は、根本的な煩悩の象徴なのか……。

左近は刀を元に戻した。そして、眼を閉じて大上段に構えた。刀に重さはなかった。いや、重さを感じなかった。作った刀鍛冶が本当に酔っ払いなら、世に隠れた名工であるに違いない。

左近は、刀を鋭く斬り降ろした。巻き起こった風が、短く鳴った。刀の重さが、心地好く五感に響いた。心地好さは、懐かしさでもあった。

自分は以前、これと同じような刀を持っていたのかもしれない……。

左近は無明と彫られた刀が気に入った。


小石川牛天神《こいしかわうしてんじん》から金剛寺までの神田川沿いには、旗本屋敷が連なっていた。

その中の一軒の旗本屋敷の中間《ちゅうげん》部屋は、博奕に没頭する者たちの熱気で満ち溢れていた。

旗本屋敷に町奉行所の手は及ばない。支配違いなのだ。やくざ紛《まが》いの中間たちは、それを良いことに密かに賭場《とば》を開いていた。

遊び人を装った房吉は、盆を囲んでいる徳右衛門の子分の紋次を監視していた。

今夜の紋次にツキはなく、かなり負け込んでいる。間もなく、賭場を後にするしかない。

房吉は旗本屋敷の小橋を渡り、神田川の岸辺の暗がりに潜み、紋次が出てくるのを待った。

お絹を一刻も早く助けてやりたい……。

房吉は紋次を締め上げ、お絹の監禁場所を吐かせるつもりだ。

たとえ殺してでも……。

お絹を助けるためには、人殺しになっても構わなかった。今まで、そんな気持ちになったのは、年老いた両親を心中に追い込んだ高利貸しに対した時だけだ。

房吉は待った。やがて紋次が、博奕に負けた悔しさを露《あらわ》にしながら旗本屋敷の小橋を渡って出てきた。

房吉は敏速に行動した。紋次の背後に忍び寄り、その後頭部に手拭いに包んだ拳大の石を叩きつけた。紋次は悲鳴をあげる間もなく気を失った。

房吉は倒れた紋次を俵に入れ、神田川に繋いでおいた猪牙舟に蹴落とそうとした。

黒い影が房吉を覆った。

房吉は咄嗟に飛び退《の》き、黒い影の主を見定めようとした。黒い影を伸ばして近づいてきたのは、着流しの氷室精一郎だった。

房吉は慌てて匕首《あいくち》を抜いた。だが、氷室の嘲笑を見た途端、全身が竦《すく》み、金縛りにあったように動けなくなった。

氷室は俵を被せられた紋次を爪先で動かした。紋次の呻き声が、微かに洩れた。

「……こいつは、何もしらぬ」

氷室が刀を抜いた。逃げようにも身体が動かない。蛇に見込まれた蛙だ。一筋の汗が、房吉の頬に辛うじて流れた。

次の瞬間、氷室は俵の中の紋次を無造作に突き刺した。紋次の断末魔の呻きが、壊れた笛の音のように低く洩れた。恐怖が房吉の全身を貫いた。

「……案の定、博奕に狂う奴は、下手を踏む」

氷室は房吉に笑いかけながら近づいた。

どうせ死ぬなら、道連れにしてやる……。

房吉は匕首を握り締め、全身に力を込めて懸命に地面を蹴った。

氷室の刀が閃いた。

次の瞬間、房吉は激しく突き飛ばされた。そして青白い光芒が、氷室の刀を弾き返した。氷室は素早く飛び退き、房吉を突き飛ばして自分の刀を弾き返した者を誰何《すいか》した。

左近が無明刀を手にして佇んでいた。

「怪我はないか、房吉さん……」

左近が助けてくれた。房吉は転がるように左近の背後に逃げた。

「……日暮左近」

氷室は刀を青眼《せいがん》に構え、左近の出方を窺いながら、油断なく間合いを詰めた。

意外にも左近は動かなかった。氷室は見切りの内にゆっくりと踏み込んだ。それでも左近は退かなかった。間合いを保ち、見切りの外に我身を置いて、氷室の攻撃に備えようとはしないのだ。

逆に左近は間合いを詰めた。

「お絹さんは何処にいる……」

刀を構えもせず、見切りを無視して、無造作に近づきながら尋ねた。

「答えろ……」

氷室の返事は、刀の鋭い唸りだった。左近の無明刀が、青白い光芒を放った。

火花が散った。交錯した左近と氷室が、息も乱さず振り返り、再び対峙した。

左近の無明刀の瞬速さは、見切りを必要としなかった。

「剣は瞬速、見事だ……」

氷室が嬉しげな笑みを左近に投げかけた。

賭場のある旗本屋敷から、博奕打ちや中間が出てくる気配がした。

氷室が闇の奥に身を翻した。左近は追った。

神田川沿いの道を走り、牛天神の手前を左に曲がり、安藤《あんどう》坂を駆けあがった。

氷室の足音が、前方の闇から微かに伝わってくる。左近は切絵図を思い出しながら追った。

突然、氷室の足音が消えた。左近は急いだ。安藤坂を登り切り、無量山伝通院《むりょうざんでんずういん》の山門に出た。だが、既に氷室の足音は消えており、その気配も窺えなかった。様々な伽藍《がらん》を擁した伝通院の広大な敷地は、闇に包まれひっそりと静まり返っていた。

寺領三百石《こく》を与えられている無量山伝通院は、家康の生母伝通院を葬った寺であり、二代将軍秀忠《ひでただ》の娘で、豊臣秀頼《とよとみひでより》の妻であった千姫《せんひめ》の墓もある。

氷室が伝通院界隈の何処かに潜んだのは間違いない。背後から房吉が追ってきた。

「左近さん、氷室の野郎は……」

「消えた。だが、この近くの何処かに潜んでいる……」

「じゃあ、そこにお絹さんが……」

「おそらく徳右衛門も……」

「分かりました。明日から虱《しらみ》潰しに調べてやりますぜ」

僅かだが、漸くお絹に近づいた……。

左近はそう確信した。

読経の声と線香の匂いが、時々微かに流れ込んでくる。

寺の一角か、傍なのかも知れない……。

窓もない地下の座敷牢に監禁されて、何日が経ったのだろう……。

お絹は、柱に縛りつけられて不安に身を縮めていた。

あれからお絹は、重吉に連れられて連雀町の家を訪れ、氷室に逢った。逢った途端、お絹は氷室に当て落とされて気を失った。

そして、気が付いた時、お絹は地下牢に閉じ込められていた。食事はお甲《こう》という老婆が運び、食べさせてくれていた。

これから私は、どうなるのだろう……。

お絹は恐怖に苛まれた。

「紋次の馬鹿野郎が……」

徳右衛門が吐き棄てた。

「それにしても氷室さん、日暮左近、そんなに強いのか」

「ああ……」

「大丈夫だろうな」

「俺が負けたことがあるか……」

「それは分かっているが……」

「それより、お絹はどうだった」

「儂の睨み通りだ。これからお甲がいろいろ仕込む手筈だ。御前様もきっと気に入る」

「勿体《もったい》ない話だ……」

徳右衛門が厳しく氷室を一瞥した。

「氷室さん、儂も我慢をしているのだ。滅多な真似はしない方が身のためだ」

「生娘に眼のない年寄りか……」

伝通院裏にある正蓮寺《しょうれんじ》は、住職の了雲《りょううん》の放蕩《ほうとう》が祟《たた》り、全ての檀家に逃げられ、廃寺寸前に追い込まれた。それを知った徳右衛門は、すぐさま了雲を金で縛り、正蓮寺の陰の持ち主になった。

寺や神社は、寺社奉行の管轄であり、町奉行所の手の及ぶ所ではない。正蓮寺は裏稼業の隠れ家に丁度良かった。

徳右衛門は地下に座敷牢を作ったりして、正蓮寺を密かに改築し、吉原で花魁《おいらん》の世話をしていたお甲を住まわせた。

お甲自身、大昔は吉原で働いていて、若い頃の徳右衛門を可愛がったものであった。お甲は、お絹に男の喜ぶ性技を仕込み、立派な献上品に仕立てあげる手筈だ。

徳右衛門は性技を仕込んだお絹を、生娘好みの中野碩翁に、藤娘《ふじむすめ》の扮装をさせ『生き人形』として献上するつもりだ。

「まともじゃないな……」

「そんな趣向でもなきゃあ、御前様の逸物は、小便をするしか役に立たないのさ……」

「それより親方、連雀町はもう諦めるべきだ」

「言われるまでもない」

「お蝶はまだ石庵から聞き出せないのか」

「そろそろ氷室さんの出番だ……」

「フフフ……死ぬまで責め抜いて、必ず吐かせてやる……」

翌日から房吉は貸し本屋に化けて、伝通院界隈を巡り歩いていた。今のところ、お絹を監禁し、徳右衛門が潜んでいる家は発見できない。

房吉は数多くある寺の若い坊主や、付近の家の奉公人たちに本を貸し、粘り強く聞き込みを続けた。

一方、徳右衛門の行方を追っていた彦兵衛は、妾のお蝶が住む浅草の家を訪れた。だが、お蝶は深川に住む茶湯の宗匠である桂田石庵の家に行ったままだった。お絹の母親が、徳右衛門に沽券状を騙し取られた頃から……。

茶湯の宗匠、桂田石庵――。

骨董品の目利きとして名高く、大名や大身《たいしん》旗本の屋敷に出入りをしている老人だ。陰では、盗人から金を貰い、盗んだ骨董品や美術品に折紙《おりがみ》を付けているとの噂もある。

ひょっとしたら、由井正雪の軍資金話の出処は、石庵なのかも知れない。

彦兵衛の推測を聞いた左近は、深川にある桂田石庵の家に急いでいた。

永代橋を渡った左近は、富岡《とみがおか》八幡宮の傍を抜け、仙台《せんだい》堀を渡って小名木川《おなぎがわ》に出た。小名木川は、隅田川と中川《なかがわ》を結んでおり、行徳《ぎょうとく》の塩、野田《のだ》の醤油、関東や東北の米などを運ぶ行徳船が定期的に往来していた。

桂田石庵の家は、その小名木川と大横川《おおよこがわ》が交差する深川西町《ふかがわにしまち》にあった。黒板塀を巡らせた石庵の家は、雨戸が閉められひっそりと建っていた。留守なのかも知れない……。

左近は家の様子を窺った。

石庵とお蝶は家の中にいる。家全体から溢れている淫らな気配が、そう教えてくれた。

左近は庭から家の中に忍び込んだ。薄暗い廊下の奥の寝間から、男と女の喘《あえ》ぎ声が洩れていた。左近は次の間に入り、襖《ふすま》を僅かに開けて寝間を覗いた。

全裸の女が、やはり全裸の老人と絡み合っていた。

女が徳右衛門の妾のお蝶で、老人は茶湯の宗匠の桂田石庵なのだ。

お蝶が動きを止めた。

「どうした、お蝶……」

「石庵様、教えてくれなければ、嫌です……」

「お蝶、頼む……」

石庵は今にも泣き出さんばかりに哀願した。

「じゃあ教えて下さいな、石庵様……」

「教える、だから……」

石庵が両手でお蝶の腰を摑み、その尻を引き戻そうとした。だが、お蝶は石庵の両手を押さえつけた。

「駄目、教えるのが先……」

「茶碗だ、例の伊呂波茶碗だ……」

「伊呂波茶碗……」

「ああ、嘘じゃあない。だからお蝶……」

石庵は己の傍に、お蝶を引き戻した。お蝶は勢い良く尻を石庵の顔に乗せ、押しつけた。

「な、なにをする、お蝶……」

驚いた石庵が、慌ててお蝶の身体の下から出ようとした。だが、お蝶は全身で石庵を押さえつけた。

石庵は息ができなくなり、苦しく喉を鳴らした。

お蝶はなおも石庵の息を止めようとした。

石庵は、苦しそうな呻き声を短く洩らして、グッタリとした。

お蝶は素早く石庵から離れ、戸棚に入っていた桐箱を出した。そして『伊呂波茶碗』と書かれた桐箱の蓋を取り、中から鹿革に包まれた青磁の茶碗を取り出した。

お蝶は茶碗の表と中、そして底を子細《しさい》に調べた。だが、何も記されてはいなかった。

いつの間にか石庵は、鼾《いびき》をかいて眠っていた。

「石庵様、茶碗の何処に正雪の軍資金を埋めてある場所、書いてあるのですか」

お蝶が鼾をかいている石庵を揺り動かした。だが、石庵は眼を覚まさず、鼾をかき続けた。

左近は、石庵の身体に異常事態の起こったのを察知した。

卒中《そっちゅう》だ……。

きっとお蝶の乱暴な責めを受け、卒中で倒れたのだ。その時、左近は卒中という病名が、いきなり浮かんだのを不思議に思った。

俺は卒中を知っている……。

失った記憶の中には、卒中で倒れた知り合いがいたのに違いない。左近は己の過去に僅かに触れた。

揺り動かしていたお蝶が、石庵の異常に漸く気づいた。

「……石庵様」

石庵は大きな鼾をかいていた。お蝶は笑いだした。さも可笑しそうに笑った。

「色呆けのひひ爺い、私をさんざん嬲《なぶ》りものにした罰が当たったんだ。ざまあ見ろ。あははははは……」

お蝶は涙を浮かべ、狂ったように笑った。

左近は哀れを感じた。卒中に倒れた石庵。そして、涙を浮かべて、狂ったように笑い続けるお蝶……。

無残だった。卒中で倒れた者の行く末は死ぬか、良くて寝たきりだ。石庵の場合、おそらく前者になるだろう。

やがて、お蝶は着物を羽織り、卒中で倒れた石庵に眼もくれず、青磁の伊呂波茶碗を抱えて寝間を出ていった。

左近は寝間に入り、『伊呂波茶碗』と蓋書きされた桐箱の傍に残されていた鹿革を拾いあげた。鹿革には茶碗の由緒書なのか、幾つかの文字が書かれていた。

左近は直感した。鹿革に書かれている文字こそが、正雪の軍資金を埋めた場所を示しているのだ。お蝶はそれに気づかず、茶碗だけを抱えて出ていった。

由井正雪の軍資金に漸く近づいた。左近は鼾をかいて眠る石庵に布団を被せ、静かに寝間を後にした。

『伊呂波茶碗』と書かれた桐箱を残して……。

二

お蝶は伊呂波茶碗を手にして、徳右衛門のいる小石川の正蓮寺に急いだ。裾を乱して安藤坂を駆けあがり、伝通院の横手の三百《さんびやく》坂を下った。

坂の途中で擦れ違った貸し本屋が、怪訝《けげん》に見送った。房吉だった。房吉は徳右衛門の妾のお蝶の顔を知らなかった。だが、藁にも縋る思いの房吉は、お蝶の様子に不審を抱き、追った。

伊呂波茶碗を抱えたお蝶は、伝通院の裏手にある正蓮寺という寂《さび》れた寺に入っていった。

房吉は苦笑した。正蓮寺の住職の了雲は、飲む打つ買うの生臭さ坊主だと噂されている。きっと飲み屋の女が、女将の言いつけで、溜まったツケでも取り立てに来たのだろう。

気を張り詰め過ぎている。もう少し余裕を持たなければ、下手を踏むだけだ。房吉は踵《きびす》を返した。

徳右衛門は伊呂波茶碗を見廻した。何の変哲もない古い青磁の茶碗だった。

「お蝶、本当に石庵は、この茶碗を調べれば、正雪の軍資金の隠し場所が、分かると言ったのだな」

「ええ……」

お蝶は弾む息を整えながら答えた。だが、徳右衛門の見たところ、青磁の茶碗に変わったところはなかった。

「了雲、熱い湯を用意しろ……」

徳右衛門は、庫裏《くり》で酒を飲んでいる住職の了雲に声をかけた。

お甲は、お絹の着物を脱がせようとした。

お絹は首を振って必死に抗《あらが》った。お甲の平手が、お絹の頬で続けざまに鳴った。

「せっかく仕込んでやろうってのに……この小娘が」

お甲は再びお絹を平手打ちにした。

「いい加減にしろ、お甲……」

戸口に氷室がいた。

「大事な献上品に傷がつく……」

「ふん、心配するな。商売物の折檻は、嫌ってほどやってきたんだ。傷物なんかにするものか……」

氷室は刀の鐺《こじり》で、俯《うつむ》いていたお絹の顔をあげさせた。お絹は必死に氷室を睨みつけた。

「……お絹、嬲《なぶ》りものにされたくなければ、お甲の言う通りにするのだ」

「嫌です」

お絹は舌を嚙んだ。同時に氷室が、刀の鐺でお絹の脾腹を突いた。お絹は低く呻いて気を失った。

「舌を嚙み切って死のうだなんて、本当に馬鹿な娘だよ。身体一つで、おもしろ可笑しく暮らせるものを……」

「お甲、お絹はお前とは違う……」

そう言い棄てて、氷室は踵《きびす》を返した。戸口に了雲がいた。

「……何か用か」

「親方が呼んでいる……」

伊呂波茶碗には、熱湯が満たされていた。

「……それで、熱い湯を入れてみたのだが、何も浮かばなかった」

熱湯を入れると、その熱さで何かが浮かび出る。徳右衛門はそう思ってやってみた。だが、茶碗には、何も浮かびはしなかった。徳右衛門はいまいましげに茶碗で湯気をあげる熱湯を棄てた。

「お蝶、茶碗はどうなっていた……」

氷室が尋ねた。お蝶の顔に脅えが浮かんだ。

「どうなっていた……。柔らかい革に包まれて、伊呂波茶碗と書かれた桐の箱に……」

お蝶は自分の失敗に気づいた。

「親方、どうやら肝心なのは、そっちの方らしいな……」

「じゃあ、石庵の家にあるよ、親方。桐箱も革もちゃんとあります。本当ですよ」

氷室が素早く出ていった。立ちあがった徳右衛門が、懸命に取り縋うお蝶を蹴飛ばして続いた。

お蝶はうずくまって涙を零した。涙は蹴られた所が痛かったからではない、自分が余りにも惨めだったからだ。

その後、お蝶は姿を消した。叩き割った伊呂波茶碗の残骸を残して……。

柔らかい鹿革には、十個の漢字が記されていた。

奇理氷権石
非縁法人天

「き、り、こおり、けん、いし。ひ、えん、ほう、ひと、てん。何よ、これ……」

おりんが素っ頓狂な声をあげた。

「由井正雪の軍資金の隠し場所だよ」

「まさか……」

「本当だ、おりん」

「旦那、どう言う意味ですか」

「さぁな……ま、とにかくこの十の漢字の意味を突き止めれば、正雪の軍資金が何処にあるのか、分かるのは間違いない」

「きりこおりけんいし、ひえんほうじんてん。違うな。きりひょうけんせき、ひえんほうじんてん……それとも横に読んで、きひ、りえん、ひょうほう、けんじん、いしてん……」

房吉が様々な読み方を試みた。だが、どれ一つとして意味のある言葉にならなかった。

「あーッ、もう胸の中が、むかむかしちゃう」

おりんが冷えた茶を飲み干した。

「き、り、こおり、けん、いし。ひ、えん、ほう、ひと、てん……」

左近は一つひとつ呟くように読んでみた。

「逆から読むと……いしけんこおり、りき。てんじんほうえんひ……せきけんひょうりき。てんじんほうえんひ。どっちにしても、意味が通りませんな」

「そうですか……」

「で、左近さん、これからどうします」

「彦兵衛殿、できるならば、この鹿革でお絹さんを取り戻したい」

「結構ですな……」

「同意してくれますか」

「そりゃあもう……お絹さんは巴屋の客、私の依頼人です」

「そうよね、幾ら何万両でも、お絹さんの命には代えられないものね」

「でも旦那、この鹿革を渡しちまったら、正雪の軍資金……」

「心配はいらないよ、房吉。鹿革を渡すのは、写しをとってからだ」

「なるほど。だったら安心だ……」

「ならば彦兵衛殿、早速、写しを……」


石庵は冷たく硬直していた。肉の落ちた醜い老体を無残にさらして……。

傍らで徳右衛門と氷室が、家捜しをしていた。寝間には、『伊呂波茶碗』と蓋書きされた桐箱が残されているだけで、鹿革は何処にもなかった。

「誰かが、既に持ち出したようだな……」

徳右衛門は空の桐箱を力任せに壁に叩きつけた。伊呂波茶碗と書かれた桐箱は、激しい音を立てて砕け散った。

「彦兵衛の野郎に違いねぇ」

「間違いなかろう」

「殺してやる……」

赤い舌に嘗められた分厚い唇は、ぬめぬめと不気味に濡れた。


萬屋に入るなり、左近は子分たちに取り囲まれた。

「何の御用ですか……」

番頭の重吉が、柔和《にゆうわ》な笑顔で尋ねた。

「お絹さんを返してくれれば、由井正雪の軍資金の隠し場所を書いた鹿革を渡す。そう、徳右衛門に伝えてくれ」

「軍資金の隠し場所……」

「そうだ。返事はここで待たせて貰う」

左近は店の隅の上がり框《かまち》に腰かけた。重吉は迷った。左近の言う通り、徳右衛門に報せるべきかどうか、迷った。

「早く報せぬと、お前は殺される……」

重吉と子分たちが、慌てて身構えた。

「徳右衛門にな……」

左近が冷たく言い放った。二人の子分が、萬屋から神田方向に走り出していった。

物陰にいた房吉が追跡した。徳右衛門がお絹を返さない時のために、隠れ家を突き止めておくのが目的だ。左近の考えだった。

左近は待った。店の隅に腰かけ、眼を閉じて待っていた。重吉と子分たちは、大戸を降ろして店を閉め、油断なく見張っていた。だが、左近の沈黙は、子分たちを充分に脅えさせていた。

半刻《はんとき》（一時間）ほど過ぎた時、町駕籠が二人の子分を従えて到着した。徳右衛門が帰ってきたのだ。徳右衛門は先手を打たれた悔しさを、唇を嘗める事で懸命に押さえていた。

氷室はいない。おそらく隠れ家で、お絹を見張っているのだ。房吉のお絹救出は期待できない。左近は徳右衛門の慎重さを知った。

「……鹿革、何処にある」

「これだ……」

左近は懐から鹿革を出して見せた。

「贋物《にせもの》を掴ませようってんじゃあるまいな」

思わず苦笑した。

「なるほど、流石は悪党だ。そういう手もあったな」

徳右衛門が分厚い唇をゆっくりと嘗めた。

「見せて貰おう」

左近は鹿革を上がり框に置いた。徳右衛門が手を伸ばした。刹那、左近の無明刀が、青白い光芒を放って鞘に戻った。徳右衛門が思わず仰け反り、重吉たち子分が首を竦めた。抜く手も見せぬ、見事な居合《いあい》だった。

「なに、しやがる……」

「手に取らず、そのまま見ろ……」

徳右衛門は悔しく顔を歪め、身をかがめて鹿革を見た。

難しい漢字が並んでいる。

どうやら本物だ……。

そう思った時、徳右衛門の喉が鳴った。次の瞬間、左近は刀の鐺《こじり》で鹿革を撥ね上げ、我が手に握った。

「お絹さんはどうした……」

「返す。今日中に巴屋に返す。だから、その鹿革を渡せ」

「……お絹さんが先だ」

緊張した遣《や》り取りが続いた。

「……分かった。今夜だ。取り引きは今夜だ」

「時刻と場所は……」

「四ツ半、昌平《しょうへい》橋……」

左近は切絵図に描かれた昌平橋を思い浮かべた。神田川に架かる昌平橋は、伝通院のある小石川と巴屋のある日本橋馬喰町とのほぼ中間にあった。

頷いた左近が、潜り戸から萬屋を出ようとした。緊張に耐え切れなくなった一人の子分が、匕首を握り締め、奇声をあげて左近に突っ込んだ。

左近が素早く振り返った。子分が匕首を構えたまま動きを止めた。徳右衛門と重吉たちが、息を呑んで次に起こる事態を待った。

静寂が訪れた。やがて左近が、潜り戸を開けて出ていった。潜り戸の閉まる音を残して……。我に返った子分たちがざわめいた。

「どうしたんだ、重吉……」

「へ、へい……」

返事をした重吉が、匕首を構えたまま立ち尽くしている子分に駆け寄ろうとした。匕首が土間に落ちて甲高い音を鳴らした。そして、子分が顔の半分を斜めにずり落とし、血を噴きあげて棒のように倒れた。


伝通院裏の正蓮寺――。

房吉は思惑通り、徳右衛門の隠れ家を突き止めた。房吉は驚いた。正蓮寺は、飲み屋の女が住職の了雲に溜まったツケを取り立てに来たと思った寺だ。飲み屋の女だと思ったのはお蝶だったのだ。

房吉は少なからず後悔した。自分の迂闊《うかつ》さに腹を立てた。

徳右衛門は、氷室を残して萬屋に戻っていった。氷室を残したのを見ると、お絹が正蓮寺にいるのは間違いなかった。

一刻も早く助けてやりたい。だが、氷室がいる限り、房吉にお絹を助け出せる筈はなかった。房吉は歯痒い思いをしながら、左近の待つ波除稲荷裏の寮に戻ってきた。

「今夜、四ツ半、昌平橋ですか」

「徳右衛門はそう言ったが……」

「……どういうことです」

「房吉さん、わたしは悪党との約束を守るほど、人が良くないらしい……」

「じゃあ……」

「一刻も早く、お絹さんを助ける」

「ですが左近さん、旦那が何と仰るか……」

「鹿革を渡すのに同意してくれた彦兵衛殿だ。きっと分かってくれる……」

「分かりました。あっしもお供しますぜ」

房吉が勢い込んで立ち上がった。左近は微笑んだ。房吉の潔さが気にいった。

その時、女忍び陽炎の姿が、左近の脳裏をよぎった。

今日は現れないでほしい……。

三

日が暮れた。徳右衛門の子分が、まだお絹を迎えに来ていないのか、正蓮寺は静かだった。

左近と房吉は庫裏から入った。囲炉裏《いろり》の傍では、了雲が酒に酔い潰れていた。

左近がいきなり了雲の尻を蹴飛ばした。

壁に叩きつけられて眼を覚ました了雲が、慌てて叫び声をあげようとした時、房吉が背後から口を塞ぎ、匕首を浅く背中に突き刺した。了雲は痛みと恐怖に震えた。

「お絹さんは何処にいる……」

了雲の脅えた眼が、反射的に床を見た。

床下、地下か……。

「案内して貰おう……」

「下手な真似をしやがると、好きな酒を二度と飲めなくなるぜ。いいな」

房吉の脅しに、了雲は慌てて頷いた。

了雲は庫裏の裏の廊下に案内した。左近は氷室の気配を窺いながら進んだ。今のところ、氷室の気配はない。

お絹と一緒に地下にいるのか……。

廊下を曲がった所に納戸《なんど》があった。了雲は納戸に入り、奥にある板戸を開けた。地下への階段があった。地下に人の気配がした。

左近は了雲を房吉に任せ、油断なく地下への階段を降りた。地下から異様な匂いが漂ってくる。

氷室の気配は、それで消されているのかもしれない。階段を降りきった左近は、無明刀の鯉口を切り、地下室の座敷牢を窺った。

座敷牢にいるのは、お絹とお甲だけで、氷室はいない。左近は素早く行動した。

お甲に振り向く暇も与えず、その首筋を打って気絶させた。

「お絹さん……」

左近の呼びかけに、お絹は虚《うつ》ろな眼差しを向けた。

左近はお絹を抱きかかえ、座敷牢から連れ出した。

「しっかりするのだ……」

「さ、左近さん……」

お絹は微かに左近の名を呼んだ。

房吉が駆け寄ってきた。

「お絹さん……」

「房吉さん、お絹さんを背負ってくれ」

返事をした房吉が、ぐったりとしているお絹を素早く背負った。

「すみません、房吉さん……」

「なに言ってるんだ。もう大丈夫だぜ。お絹さん……」

お絹は安心したのか、房吉の背に身体を預けた。

左近は震えていた了雲を、階段の下に蹴落とした。了雲は悲鳴をあげて、階段を転げ落ちていった。

左近は表に急いだ。お絹を背負った房吉が続いた。庫裏を出た時、左近の足が止まった。お絹を背負った房吉が、事態を敏感に察して素早く物陰に隠れた。

これで心配なく闘える……。

流石は彦兵衛が片腕と頼む房吉だ。左近は月明かりを浴びて佇んだ。氷室が駕籠を担いだ子分を連れて現れた。

「日暮左近……」

氷室が素早く身構えた。背後にいた子分たちが、お絹を昌平橋に連れていくための駕籠を放り出し、慌てて長脇差を抜いた。

左近が静かに地を蹴った。子分たちが恐怖を乗り越えようと、狂ったような雄《お》叫《たけ》びをあげて長脇差を振り廻した。

無明刀が、青白い光芒を放って子分たちの間に閃いた。一人の子分の首が夜空に飛び、別の子分は頭から腹までを断ち斬られて崩れ落ちた。

残った子分たちが、仲間の恐ろしい死に態《ざま》を目の当たりにして、先を争って逃げ散った。

左近は氷室に無明刀を向けた。嘲笑を浮かべた氷室が、ゆっくりと刀を抜き払い、八双《はっそう》に構えた。

静かな対峙だった。左近も氷室も分かっていた。

勝負は一瞬で決まる……。

月が陰った。左近と氷室が、地を蹴って宙に飛んだ。

刀が閃いた。左近が青眼から鋭く斬りあげ、氷室が八双から激しく斬り降ろした。

左近の無明刀が甲高く鳴いた。いや、鳴いたのではなく、人を斬る煩悩《ぼんのう》に泣いたのかもしれない。

刀を握った腕が、夜空高く飛んだ。

飛び交った二人が、着地して振り返った。右腕を失った氷室が、よろめいて膝をついた。

勝った……。

そう思った時、左近の顔の真ん中に一筋の血が流れた。

額が僅かに斬り裂かれていた。後一寸深ければ、命はなかった。自分の方が敗れていた……。

氷室の斬り飛ばされた腕が、刀を握り締めたまま落下して地面に突き立った。

氷室は腕を切断された肩口から血を流し、凄絶な形相で刀を取ろうと近づいた。

だが、氷室は崩れ落ちた。無残な光景だった。

左近は無明刀を鞘に納め、額から流れる血を拭おうとした。

しまった……。

次の瞬間、左近は血を拭いかけたまま、身を地面に投げ出して転がった。畳針のように細い手裏剣が、闇の中から次々と左近のいたところに打ち込まれた。

陽炎だ……。

左近は手裏剣を躱して立ち上がった。その時、眼の前が半分だけ赤く見えた。

額から流れる血が、右目を覆い、染み込んだのだ。飛来する手裏剣が、血の染みた眼に霞んで見えた。

左近は咄嗟に身を捻って躱した。だが、手裏剣は左近の首筋を掠《かす》めた。血に霞んだ眼が、遠近を微妙に狂わせ、見切りを誤らせた。

このままでは殺られる……。

左近は焦った。

陽炎は左近の焦りを見抜き、苦無《くない》を連射して勝負に出た。

左近は無明刀で、飛来する苦無を懸命に叩き落とした。一本の苦無が、左近の胸元を切り裂いた。懐に入れてあった鹿革が落ちた。左近は落ちた鹿革を拾おうとした。

だが、陽炎の投げる苦無が、それを許さなかった。額から血が流れ続ける。

これまでだ……。

左近は無明刀を閃かせ、危険を承知で陽炎の潜む闇に斬り込んだ。

陽炎は逆を突かれた。左近の我身を棄てた意外な反撃は、陽炎を激しく狼狽させ、その場から後退させた。左近は危機を突破した。

陽炎は悔やんだ。腹立たしかった。命を棄てるのを躊躇《ためら》い、思わず後退した自分を密かに罵《ののし》った。

伝通院の前に現れた左近は、安藤坂を一気に駆け降り、神田川に繋がれていた猪牙舟に飛び乗った。

櫓を握っていた房吉が、待ち兼ねたように猪牙舟を漕ぎ出した。船底には、お絹がぐったりとして眠っていた。

左近は川の水を掬《すく》い、血の染みた眼を洗った。房吉は何も聞かず、隅田川に向けて猪牙舟を漕いでいた。房吉の沈黙は、左近にはありがたかった。

陽炎が鹿革を拾いあげた時、徳右衛門と子分たちが駆けつけてきた。陽炎は闇に潜んだ。

庫裏から了雲が転げ出てきた。

「どうした、了雲」

「お絹を……お絹を連れていかれた」

「馬鹿野郎」

徳右衛門は了雲を殴り飛ばした。

「お、親方……」

倒れていた氷室が、苦しげに徳右衛門を呼んだ。徳右衛門は腕を斬り飛ばされている氷室に気づいた。

「助けてくれ……」

氷室は哀願した。

「鹿革はどうした……」

「頼む、助けてくれ……」

必死に徳右衛門に這《は》い寄ろうとした。

「……口ほどにもねぇ、役立たずが」

氷室を見下ろしていた徳右衛門が、怒りと侮蔑を浮かべて吐き棄てた。

「お、親方……助けて……」

恐るべき生への執念だった。氷室は肩の切断口から血を流し続けながらも、懸命に生きようとしていた。

「頼む……」

「ああ、引導を渡してやるぜ……」

徳右衛門は、這い寄る氷室の頭を冷酷に踏みつけた。氷室の血に塗《まみ》れた顔が、泥に押しつけられて醜く汚れた。氷室は呻きもせず、なされるままだった。

血は流れ続ける。氷室は死ぬ……。

誰もがそう思った時、陽炎が闇から現れた。気がついた了雲が悲鳴をあげた。

徳右衛門と子分たちが、思わず後退りをしながら身構えた。

「何だ、手前……」

「この鹿革、欲しければやろう」

陽炎が鹿革を無造作に差し出した。

例の鹿革だ……。

徳右衛門は思わず喜色を浮かべた。

「代わりに、その男を貰い受ける」

陽炎は氷室を示した。

「ああ、こんな死に損ない、幾らでもくれてやるぜ」

陽炎にとって鹿革は何の意味もない。たとえ何万両もの軍資金の隠し場所を示す物であろうが、意味はなかった。

陽炎の望むものは、左近の命ただ一つ。その左近と互角に闘い、今一歩のところで敗れた氷室の腕を惜しんだ。そして、鹿革が徳右衛門の手に渡り、左近が苦しむのなら、それはそれで良いのだ。

陽炎は鹿革を徳右衛門に投げ与え、瀕死の氷室精一郎を受け取った。


助けられた日以来、お絹は波除稲荷裏の寮で昏々《こんこん》と眠り続けた。

監禁されたお絹の身に何があったのか、彦兵衛もおりんも房吉も尋ねはしない。左近も地下牢で見たことを話さなかった。

既に徳右衛門は、連雀町の家に見切りをつけ、手を引いていた。最早、お絹が狙われる理由は何もない。左近と彦兵衛は、お絹を波除稲荷裏の寮で養生させることにした。

だが、これで公事訴訟が、解決した訳ではない。お絹の母親が騙し取られた連雀町の家の沽券状を取り戻すか、代金の二百両を支払わせない限り、終わりはしない。それが、彦兵衛の公事宿の主としての仕事なのだ。

落とした鹿革は、おそらく徳右衛門の手に渡った。左近はそう見ていた。だが、こっちにも写しがある。

五分と五分だ……。

先に正雪の軍資金を見つけて、徳右衛門を叩きのめしてやる……。

奇	理	氷	権	石	
非	縁	法	人	天	

左近と彦兵衛は、鹿革の写しを見つめていた。だが、幾ら見つめても、謎は解けなかった。

「き、り、ひょう、けん、せき。ひ、えん、ほう、じん、てん……」

彦兵衛が呪文のように呟いた。今日だけで何度、呟いたのだろう。左近は思わず吐息を洩らした。

「今日はこれぐらいにしますか……」

「えっ、ええ……彦兵衛殿、徳右衛門は解いたと思いますか」

「いいえ、まだでしょう。もし、この謎を解いたなら、必ず動きます。そうすれば、房吉の網に引っかからない筈はありません。安心して下さい」

房吉は昔の放蕩仲間を集め、両国の萬屋と小石川の正蓮寺を見張っていた。

氷室を失った徳右衛門は、萬屋に籠もり、大勢の浪人剣客を雇って左近に備えていた。そして、鹿革の文字の謎を解こうと、寺子屋の師匠、坊主、神主たちを萬屋に呼んでいた。だが、謎が解かれた様子はなかった。

「それより左近さん、お前さんを襲った女忍び、陽炎と言いましたか……一体何者ですか」

「分かりません。陽炎という名も、わたしがそう呼んでいるだけです」

「そうですか……」

「陽炎は過去のわたしを恨んでいる。記憶を失う前のわたしを憎んでいます」

「じゃあ陽炎は、左近さんの正体を知っているのですな」

「きっと……」

「知りたいですか、自分の正体」

「ええ……ですが、命を狙われるほど、恨まれてもいるのです。ひょっとしたらわたしは、極悪非道の悪党なのかも知れない。そう思うと、知るのが恐ろしい気もします……」

「ならば、記憶を失ったままでいますか……」

左近の顔が苦悩に歪んだ。

「そうは参りますまい」

彦兵衛は労《いたわ》りを込めた眼差しを左近に送った。左近は頷き、己の正体に思いを馳せた。

忍びに命を狙われている。闘う術《すべ》を身体が覚えていた。刀の善し悪しが分かる。そして、卒中と言う病を知っていた。

わたしは何者なのだ……。

海から、波除稲荷の石垣に砕け散る波の音と、飛び交う鷗の鳴き声が聞こえた。

三味線の爪弾きが、料理屋『大七』から静かに洩れていた。

徳右衛門が秋葉権現隣の『大七』に入って、どのくらい時刻が過ぎたであろう。

房吉は仲居に金を握らせて、徳右衛門のいる座敷の隣に入ろうとした。だが、徳右衛門は離れ座敷を取り、房吉につけ入る隙を与えなかった。

房吉は『大七』の表に張り込むしかなかった。やがて、頭巾を被った武士が、『大七』にあがった。眼の鋭い、がっしりとした体躯《たいく》の武士だ。房吉は左近の言葉を思い出した。

徳右衛門が『大七』で、中野碩翁の家来と逢ったことを……。

頭巾の武士は、おそらく中野碩翁の家来に違いない。理由は鹿革だ。鹿革に書かれている漢字の謎だ。

徳右衛門に謎を解く能力がある筈はない。房吉は公事宿の下代として、訴訟の書類などを扱い、それなりに漢字を理解している。それでも解けない漢字の謎を、徳右衛門に分かる筈がない。

その鹿革の謎を、徳右衛門は中野碩翁の元に持ち込もうとしている。妖怪と呼ばれる中野碩翁の力は、徳右衛門と比較にならぬほど強大だ。房吉は思わず身震いした。

「奇、理、氷、権、石。非、縁、法、人、天……」

鹿革を手にした神尾将監《しょうげん》は、二行にわたって書かれている漢字を黙読した。

「如何でございますか……」

徳右衛門は恐る恐る神尾に尋ねた。

「……徳右衛門、これが正雪の軍資金を隠した場所を示すと申すか」

「へ、へい……」

「まこと相違ないな」

神尾が徳右衛門をじっと見据えていた。

「少なくとも手前は、そう思っております」

徳右衛門の顔には、いつの間にか汗が浮かんでいた。

「ならば、良い」

徳右衛門はホッとした。だが、腹の中を見通すような、神尾の冷徹な眼差しは、少しも変わらなかった。

「ところで徳右衛門、この鹿革、氷室が手に入れたのか」

「えっ、ええ……ま、そういえばそうなのでございますが、氷室さんは……」

「氷室が如何《いかが》致したのだ」

「へい。神尾様、氷室さんは日暮左近という奴に……」

「斬られたと申すか」

神尾の冷徹な眼差しが、微かに揺れ動いた。

「はい……」

「徳右衛門、日暮左近とは何者だ」

「公事宿巴屋の吟味人にございます」

「吟味人……」

「へい、出入訴訟の裏を調べるとか……」

「氷室精一郎を斬るとは……日暮左近、かなりの遣い手だとみえる……」

いつもは冷徹な神尾の眼が、微かな炎を燃やして揺れているのを、徳右衛門は初めて見た。


頭巾の武士は、やはり中野碩翁の家来だった。房吉は、頭巾の武士の乗った屋形船を尾行するのではなく、掘割沿いに先廻りをして、中野屋敷の船着き場に入るのを確認した。すかさず房吉は、隣の戸田因幡守《とだいなばのかみ》の屋敷の中間に金を握らせ、頭巾の武士を調べた。

頭巾の武士は、中野家家臣の神尾将監だった。神尾将監は直新陰流の剣客であり、碩翁の懐刀として働いていた。

房吉の金を使った搦《から》め手《て》からの調べは、左近には及びもつかない芸当だ。いよいよ妖怪が、乗り出してくるのかも知れない……。

房吉は微かな胴震いを覚えていた。

四

碩翁は手にしていた鹿革から眼をあげた。

「神尾、これが正雪の軍資金の在り処を示すと申すか……」

「はっ。しかし、徳右衛門の申すことです。何処まで信じて良いものやら……」

「たとえ、正雪の軍資金の真偽がどうであろうが、この文字の謎を解くは、恰好の暇潰しよ」

「では、御前様……」

「うむ、この謎、解いてくれよう」

「ははっ」

「それから神尾、徳右衛門にそろそろ生き人形を献上致せと申しつけい……」

権謀術数《けんぼうじゅつすう》を駆使してのし上がり、妖怪と呼ばれる主、中野碩翁。神尾は碩翁の生き方に畏敬《いけい》の念を抱いていた。だが、孫のような生娘を『生き人形』にして玩ぶ残忍な性癖だけは、理解し難かった。

「……心得ましてございます」

神尾は深々と平伏し、碩翁の前から退がった。

妖怪中野碩翁……。

碩翁は清茂《きよしげ》と名乗り、小納戸《こなんど》や新番頭《しんばんがしら》などの奥詰として将軍家斉《いえなり》に一貫して仕えた。そして、貧乏浪人の娘であったお美代を養女とし、家斉の好み通りの女に仕立てあげて、側室に送り込んだ。

碩翁の目論見《もくろみ》通り、家斉はお美代を寵愛した。お美代の言葉は家斉を動かし、老中などの幕閣に多大な影響を与えた。それは取りも直さず、お美代の養父である碩翁の力を増大させ、妖怪を誕生させた。

自室に戻った神尾は、自分が束ねる見聞組《けんぶんぐみ》の佐々木兵馬《ささきへいま》と渥美千之助《あつみせんのすけ》を呼んだ。

「氷室精一郎が斬られた……」

佐々木と渥美は、驚いたように息を飲み、神尾を見つめた。

「斬ったのは、日暮左近と申す男だ。知っているか」

「いいえ……」

佐々木の答えに渥美が頷いた。

「やはり、知らぬか……」

「神尾様、氷室と互角に闘える男は、江戸にも数えるほどしかおりませぬ。その中に日暮左近なる者は……」

「いないか……」

「はい……」

「では最近、江戸に出て来た者なのかも知れぬな……」

「神尾様、その日暮左近、剣は何流を使うのでございますか」

渥美が静かに尋ねた。

「分からぬ。詳しい素性も剣の流派も、何も分からぬ。分かっていることは、馬喰町の公事宿巴屋の吟味人をしており、由井正雪が残した軍資金を巡って氷室を斬った。それだけだ」

「由井正雪とは、もしや慶安の乱を引き起こした軍学者……」

「左様《さよう》、百六十年も昔の男だ」

「その由井正雪が残した軍資金ですか……」

渥美が呆れたように言い、佐々木と顔を見合わせた。

「真偽のほどは分からぬが、氷室がそのため、日暮左近なる者に斬られたのは事実だ」

「それで神尾様、拙者共に何をしろとの仰《おお》せにございますか……」

佐々木が意気込んで尋ねた。

「日暮左近を調べて貰う……」

神尾は碩翁の命令で、見聞組という探索組織を作った。見聞組は、大名や大身旗本の身辺を密かに調べ、様々な不始末や弱みを握った。それは当然、神尾を通じて碩翁に伝わり、大名や大身旗本を意のままに操る力になった。

弱みを握られた大身旗本に北町奉行がいた。お絹の公事訴訟が却下されるのに時間はかからなかった。

将軍家斉が寵愛する側室お美代の方と、神尾たち見聞組が摑む情報。それが、碩翁を妖怪にのしあげた源だった。

見聞組で最も手練《てだ》れなのが、佐々木兵馬と渥美千之助である。神尾はその二人に左近の身辺探索を命じた。

一刻後、中野屋敷から佐々木と渥美の姿が消えた。

妖怪中野碩翁が、いよいよ事件の裏から表に登場してきた。

房吉の報告を聞いた左近と彦兵衛は、由井正雪の軍資金争奪が激化するのを覚悟した。

「こりゃあ、鹿革に書かれた文字の謎、一刻も早く解かなくてはなりませんな」

「彦兵衛殿、我々は今まで、文字を逆さに読み、横に読んだが、何も分からなかった。次は一つ置きに読んでみてはどうだろう……」

「やってみましょう……」

彦兵衛は写しと紙を引き寄せた。

彦兵衛は写しを見ながら、紙に『奇氷石、非法天』と書いて読んだ。

奇	理	氷	権	石
非	縁	法	人	天

「き、ひょう、せき。ひ、ほう、てん……」

「奇氷石……奇妙な氷の石……彦兵衛殿、江戸の何処かに、そのような石はありますか」

「いいえ。私の知る限りではありません。それに、氷の石など、あるとしたら富士山の風穴か、北の国ぐらいでしょうな」

「富士山か北の国……」

「左近さん、富士山かもしれませんな」

「何故です」

「由井正雪は駿府で自害しています。駿府は富士山に近い。ひょっとしたら正雪は、企てが破れたのを知り、富士の風穴の中に軍資金を埋め、奇妙な氷の石を目印にした。違いますかね」

「軍資金は富士の風穴……では、非法天の意味は……」

「天は法に非《あら》ず……」

彦兵衛が呟いた。

「それなりの意味があるように思えます」

「ですが左近さん。軍資金の隠し場所を示している筈です……」

「場所……」

「ええ……奇妙な氷の石のある風穴は、富士山には幾つもあると聞きます。ですすから、非法天は具体的な場所。つまり、どの風穴かを示すものでなくてはなりません。違いますか」

彦兵衛の言う通りだった。そうでなければ、残った軍資金を隠し、その場所を謎にして、鹿革に書き残した意味はないのだ。

「彦兵衛殿、ひほうてんの意味、駿府に行けば、分かるのではないでしょうか」

「駿府……」

「はい。駿府は正雪が自害した場所であり、風穴のある富士にも近い。きっと何か摑める筈です。行ってみるべきでしょう」

彦兵衛は頷いた。そして、駿府行きは、碩翁の動きを見定めてからとした。

海風はお絹に優しかった。

お絹は波除稲荷の境内に佇み、鷗の舞う江戸湊を眺めていた。沖には様々な産物を積んできた千石船が何隻も停泊し、荷船が亀島川との間を忙しく行き交っていた。

お絹は忘れたかった。正蓮寺での、忌まわしい出来事を忘れ去ってしまいたかった。

だが、忘れようとすればするほど、忌まわしい記憶は甦ってしまう。

おりんは黙って見守るしかなかった。お絹はどのような仕打ちを受けたのか、いっさい口にしなかった。そして、僅かに垣間見た筈の左近も、何も洩らさなかった。二人が口を閉ざせば閉ざすほど、お絹が受けた仕打ちの残酷さが窺われた。

地獄の責め苦……。

おりんはお絹に同情せずにはいられなかった。

癒してくれるのは、時の流れだけなのだ……。

「それしかないのよね」

おりんは吐息混じりに呟いた。

「何が、それしかないのですか」

左近がいた。

「いえ、別に……」

「お絹さんの具合、どうですか」

「身体はもういいのですが、心の方がね……」

助けた時のお絹の姿を思い出し、左近は無言のまま眉を顰《ひそ》めた。お絹の心は、ずたずたに傷ついているのだ。

「忘れたくても、忘れられないのよ」

「思い出したくても、思い出せない」

「左近さん……」

「哀しくて、皮肉なものです」

過去の記憶を忘れたいお絹。過去の記憶を思い出したい左近。

お絹を見守る左近の横顔が、淋しくて哀しげだった。

おりんは知っていた。左近が、失った記憶から現れた女忍びに、命を狙われているのを……。

そして、自分の正体が、命を狙われるほどの悪人ではないかと、左近が恐れていることも……。

おりんは左近を信じていた。記憶を失う前の左近がたとえどのような人間だったとしても、今の左近を信じたかった。


萬屋徳右衛門が、用心棒の浪人たちを従えて出かけていった。すると、萬屋の斜め向かい側にある古着屋から、行商人の男が現れ、徳右衛門たちの後を足早に追っていった。

二人の雲水《うんすい》が、傍らの店先で経を読み、僅かな銭や米を喜捨《きしや》して貰っていた。

そして、徳右衛門を追っていった行商人を見送った。

「あの行商人、巴屋の下代の房吉であろう」

「違いあるまい……」

「巴屋彦兵衛か……噂通り、遣り手の公事宿の主らしいな」

「ウム。徳右衛門が見張られているとなると、神尾様や御前様のこと、既に巴屋や左近なる者に知られている」

「左様……」

「房吉を片づけるか……」

「いや、このまま徳右衛門を餌にし、注意を向けさせておこう」

二人の雲水は、神尾が束ねる見聞組の佐々木兵馬と渥美千之助だった。佐々木と渥美は、用もないのに徳右衛門に出かけさせ、見張っている者の存在を確かめた。房吉は餌に釣り出されてしまったのだ。

「肝心なのは、日暮左近だ。巴屋にもおらず、徳右衛門を見張ってもいないとなると、何処にいるのか……」

「彦兵衛の動きを見張るしかあるまい……」

佐々木と渥美は、日本橋馬喰町の公事宿巴屋に急いだ。

「妙な雲水……」

「はい、昨日あたりから、この界隈を托鉢《たくはつ》して歩いているのですけど、うちのお客に若い浪人はいないか、聞いてきたって、煙草屋の御隠居さんが……」

おりんの監視情報網を引き継いでいる婆やのお春が、眉を顰めて彦兵衛に報告した。

「若い浪人の客……」

左近のことだ……。

何者かが、左近のことを嗅ぎ廻っている。

「旦那、徳右衛門の子分ですかねぇ……」

違う。徳右衛門の子分なら、雲水に扮して聞いて廻るような慎重な真似はしない。

中野碩翁の手の者……。

妖怪中野碩翁が行動を開始したのだ。そして、左近のことを聞き廻っている。

おそらく、自分も見張られている筈だ。彦兵衛は俄《にわか》に緊張した。暫く鉄砲洲波おりんも、左近は無論、行かない方がいいのかもしれない。波除稲荷裏の寮には、馬喰町の巴屋に出入りをしない方が無難だろう。

不便だが、仕方があるまい……。

彦兵衛はそう覚悟し、真裏に住む妾稼業の女の家の小女《こおんな》に遣いを頼んだ。

秋だというのに小女のおかよは、鼻の頭に薄《うっす》らと汗を浮かべて、波除稲荷裏の寮にやってきた。かなり急いでやってきたのだ。

おりんは、彦兵衛の手紙を受け取り、おかよに礼を言って心付けを渡し、馬喰町に帰した。おかよは元気良く小走りに帰っていった。

手紙の内容は、中野碩翁の配下が、左近を調べ始めたというものであった。おりんは、彦兵衛の手紙を左近に見せた。

「中野碩翁の配下……」

彦兵衛の言う通り、巴屋に出入りするのは、暫く控えた方が無難なのは確かだ。だからといって、ただ身を潜めている訳にはいかない。碩翁の配下は、いずれはここを突き止めるに違いないのだ。そうなれば、おりんとお絹にも危険が及ぶ。

左近の最も恐れる事態だ。

打って出ろ……。

失った記憶がまた囁いた。打って出るしかない……。

左近はおりんにも告げず、密かに波除稲荷裏の寮を出た。


その夜、日本橋馬喰町の人気《ひとけ》の消えた往来に左近は現れた。左近はゆっくりと巴屋に向かった。もし、碩翁の配下が、界隈の何処かに潜んでいるならば、必ず現れる筈だ。

秋の風が、冷たく吹き抜けていた。

左近は無造作に進んだ。前方の暗がりから、雲水の黒い影がちらりと見えた。彦兵衛の手紙に書かれていた、碩翁の配下と思われる雲水に違いない。

一人だ……。

もう一人、何処かにいる筈だった。左近は何気なく辺りを窺った。だが、その気配はなかった。左近は巴屋に入った。

巴屋に来るのは危険だ、と報せたばかりなのにやってきた左近に彦兵衛は少なからず腹を立てた。

「危ない真似は、皆の迷惑ですよ」

「ですから、おりんさんとお絹さんの傍から離れようと思います」

左近は自分の存在が、おりんとお絹にとって危険だと告げていた。彦兵衛は左近の気持ちが分かった。

「で、どうするつもりですか……」

「このまま、駿府に行ってみます」

「駿府……」

「ええ。正雪の軍資金は駿府に隠されているのかもしれませんし、なくても『非法天』の謎が解ければ……それに、碩翁の眼を晦《くら》ますのにも、丁度良い機会です」

「ですが、碩翁の配下が……」

「無論、追ってくるでしょう」

「では……」

「決着をつける時は、私が決めます」

左近は事も無げに言い放った。

「分かりました。では、急いで旅の仕度をさせましょう」

「彦兵衛殿、日本橋から東海道を下れば、嫌でも駿府に行けると聞きました。鹿革の写しと路銀をいただければ結構です」

佐々木と渥美は、巴屋から左近が出てくるのを待った。往来に現れて巴屋に入るまで、左近に身構えたところはなく、隙だらけと言っても良かった。

だが左近が、氷室精一郎を斬ったのは、紛れもない事実だ。佐々木と渥美は、左近の秘めた力を不気味に感じずにはいられなかった。

二人はそれぞれ、左近との闘い方を思い描き、同じ結論に達していた。どちらかが正面から闘い、もう一人がその隙を突く……。

氷室を斬ったほどの遣い手を倒すには、それが確実な方法だ。左近と正面から闘うのが、佐々木か渥美なのかは分からない。何《いず》れにしろ、命を棄てる覚悟で闘わなければ、左近に隙を作らせることはできない。佐々木にしろ渥美にしろ、生き残るのは自分の方だと思っていた。

左近が巴屋から静かに出てきた。佐々木と渥美は、左近の行動を見守った。左近は、二人に気づいた様子もなく歩き出した。

伝馬町《てんまちよう》の牢屋敷の傍を抜け、本石町《ほんこくちよう》の時《とき》の鐘《かね》を左に曲がって室町《むろまち》通りを進んだ。そして、日本橋を渡って東海道を西に歩き始めた。

決して急がず、かといって誘いをかける様子も見せず、左近は進んだ。背後の暗がりを、二人の雲水が尾行してくる。

二人、揃った……。

尾行してくる雲水たちは、身のこなしから見て、かなりの遣い手に間違いない。

いつ何処で、襲ってくるのか……。

左近は五感を研ぎ澄ませて進んだ。心地好い緊張感が湧いていた。

何処に行くのだ……。

佐々木と渥美は、暗がり伝いに左近を追った。

第三章　駿河往来

一

左近は、まるで近所に用を足しに行くかのような足取りで、東海道府中宿までの四十四里（約一七三キロ）余りを歩み始めていた。既に高輪の大木戸を迂回して抜け、品川宿に近づいた。

左近はこのまま江戸を出て、東海道を下る気なのかも知れない……。

佐々木と渥美は焦った。神尾への繋《つな》ぎと金は、宿場役人に頼めばどうにでもなる。心配なのは、左近と闘う武器だ。このままでは、錫杖《しやくじよう》に仕込んだ直刀で闘うしかない。果たして仕込みの直刀だけで、左近に勝てるだろうか……。

日本橋から品川《しながわ》宿までの二里を歩き通し、大森《おおもり》・蒲田《かまた》辺りを過ぎた頃、夜が明けた。左近は足取りを変えず、六郷《ろくごう》の橋を渡った。西に見える大山《おおやま》が、朝日に照らされていた。やがて、六郷の渡し場に出る。

左近が東海道を下るのは、間違いない……。

六郷の船渡しが始まるまでには、まだ間があった。佐々木と渥美は、渡し船が出る前に神尾に手紙を書き、碩翁の名を使って川役所の役人に頼むつもりだ。

左近は土手に座って六郷川を眺め、渡し船の出るのを待っていた。渥美が左近を見張り、佐々木は神尾宛の手紙を頼みに川役人の元に行った。

東海道を下る旅人たちが、渡し船に乗ろうと集まってきていた。左近は川辺に降り、手早く着物を脱いで川に入り、対岸に向かって泳ぎ始めた。

渡し船を待つ人々が、左近を見てざわめいた。左近は六郷川を泳いで渡ろうとしている。追って飛び込んだところで、托鉢《たくはつ》の雲水姿では追いつける筈もないし、追っているのが露見するだけだ。

渥美は躊躇《ためら》い、諦めた。六郷川を泳ぎ渡った左近は、川崎《かわさき》の宿を目指し、それまでとは違って足早に歩き出していた。

川崎の宿から三里九丁（約一三キロ）、左近は神奈川《かながわ》宿を通って程ヶ谷《ほどがや》宿で足を止めた。程ヶ谷の宿場は、十丁（約一・一キロ）余りの町で三百余の家がある。

左近は小さな飯屋で、朝昼兼用の軽い食事をとった。何故、食事を軽くしたのかは分からない。只、そうした方がいいと思った。失った過去の記憶が、無意識の内に働いているのかも知れない。

六郷の渡しに残してきた二人の雲水が、追うのを諦める訳はない。今頃は神奈川宿辺りまで、追って来ているであろう。そして、左近が由井正雪の最後の地、駿府に向かっていると気づく筈だ。それはそれでいい。駿府での動きが、摑まれない限り……。

碩翁の配下である雲水たちを江戸から連れ出したのが狙いだが、駿府で邪魔はされたくない。そこに左近が、六郷の渡しで引き離した理由があった。軽い食事を終えた左近は、笠を買い求め、程ヶ谷宿を出立《しゅったつ》した。

佐々木と渥美は、これまでの経過を神尾に報せ、川崎宿で雲水の衣を脱ぎ棄てて侍姿に戻り、旅の仕度を整えて左近を追跡していた。

このまま左近を見失えば、神尾の信頼を失い、見聞組での立場はない。佐々木は、左近に出し抜かれた渥美を腹の中で罵った。何故、すぐに追わなかったのか、軽蔑した。

渥美は佐々木の蔑《さげす》みの眼差しを感じていた。屈辱を晴らすには、日暮左近を見つけ次第、斬り棄てるしかない。渥美の心は逸《はや》った。

二人は無言で先を急いだ。だが、左近の姿は、未だ捕らえられない。六郷の渡しまでの足取りならば、既に追いついてもいい筈だが、左近の姿は見えない。おそらく、川崎の宿から足取りを一変させたのだろう。

このままでは、左近に翻弄されただけだ……。

佐々木の渥美への軽蔑は、益々膨らんでいった。唯一の希望は、手紙を受け取った神尾の打つ手だ。

神尾様なら何とかしてくれる……。


佐々木の手紙が、中野屋敷の神尾の元に届いたのは昼前だった。手紙には、左近が東海道を下っていること、そして六郷の渡しで出し抜かれた事実が書かれていた。神尾は小半刻《こはんとき》（三〇分）、自室に籠もった。

日暮左近は、早い時点から佐々木と渥美の存在に気づき、江戸から誘い出し、六郷の渡しで放り出したのだ。

左近は東海道を下り、何処で何をしようとしているのだろう……。

何《いず》れにしろ、由井正雪の残した軍資金に関わりがあるのは、間違いない。

東海道を下れば、正雪の生まれ故郷の由井の宿があり、自害した駿府もある。

おそらく、その何方《どちら》かが目的地だ……。

神尾は急ぎ、手の空いている見聞組の者たちを呼び集め、様々な指示を与えた。


日没が近づいた。

左近は藤沢《ふじさわ》宿に入った。藤沢宿は江戸から十二里十二丁（約四八・五キロ）だ。

左近は一睡もせず、一気に歩き通した。

旅籠《はたご》に泊まり、風呂で埃《ほこり》を流し、夕餉《ゆうげ》をとって布団に手足を伸ばした。不思議に疲れはなかった。むしろ、心地好い感覚が、身体全体を包んでいた。

旅籠の古い布団には、疲れを癒した旅人の匂いが染み込んでいた。

自分も布団に匂いを残していく旅人の一人……。

左近はそう思った。

「いつものことだ……」

左近は何気なく呟いた。そして、そう呟いた自分に驚き、布団に起き上がった。

いつものことだと……。

失った記憶が、そう呟かせたのだ。

だとしたら自分は、記憶を失う前、いつも旅をしていたのか……。

駿府までは後三十二里余りだ。その道中は、失った記憶を甦らせるのかも知れない。左近は淡い期待を抱いて眠りに落ちた。


左近は刀を抜きながら走った。逃げる男が、草に足を滑らせて倒れた。左近は刀を振りかざし、倒れた男に斬りかかった。男は振り返り、恐怖に顔を歪めた。

左近の刀が、男の顔に容赦なく叩き込まれた。絶望的な悲鳴をあげた男の顔が、血に塗《まみ》れて大きく歪み、左近の顔になった。

左近は跳ね起きた。

夢か……。

汗が全身を濡らし、息が荒く鳴っていた。

俺が俺を斬り殺した……。

左近は理解しがたい夢に戸惑った。全身の汗を拭い、息を整えた。

夢と失った記憶は、何らかの関わりがあるのだろうか……。

左近は己の正体に微かな恐怖を抱いた。

翌朝の八ツ刻、左近は旅籠を早立ちした。

暗い東海道に人影はなかった。左近は軽快に足を運んだ。あれから夢は見なかった。目覚めは、爽やかだった。

左近は馬入《ばにゅう》川を渡り、平塚《ひらつか》を抜けて、七ツ半（午後五時）に大磯《おおいそ》の宿に入った。藤沢から四里の道のりを一刻半（三時間）で歩いた。秋の七ツ半は、まだ薄暗い。

大磯から小磯までは、松並木が続いていた。左近は進んだ。旅の男が、前方からやってきた。江戸に向かって早立ちしたのか、男は荷物を背負った身体を前のめりにして足早にやってきた。かなり旅慣れた行商人だ……。

擦れ違った。その瞬間、旅の男は、左近の顔を一瞥して顔色を変えた。まるで、化け物でも見たかのような驚き方だった。

俺を知っている……。

咄嗟に左近は、旅の男を捕まえようと、手を伸ばした。だが、男は左近の手を素早く躱し、背後に大きく飛び退いた。

只の行商人じゃあない……。

左近は男に迫った。荷物が飛んできた。横に身体を開いて躱し、飛びかかろうとした。だが、男の後ろ姿は、既に遠かった。

忍び……。

左近は陽炎を思い出した。

松並木の陰に入り、左近は男の投げつけた荷物を調べた。様々な薬草が入っているだけで、左近の期待した物はなかった。自分と関わりのある物、陽炎と関わりのある物。だが、何もなかった。左近は再び歩き出した。

男は俺を知っていた。記憶を失う前の俺を知っていた……。

藤沢宿から約八里。

左近は小田原に着いた。時刻はまだ四ツ（午前十時）。昼前だ。後三里（約一二キロ）ほどで、天下の険として名高い箱根だ。

六郷川に置き去りにした二人の雲水が、懸命に追い縋ってきている筈だ。そして、報せを受けたであろう神尾が、何らかの手を打ったなら、そろそろ動きが見えるに違いない。

それに、松並木で出逢った行商人の出方も不気味だ。

止まってはならぬ……。

そう決めた左近は、賑わう小田原城下を一気に通過した。

小田原にはお絹の母親がいる。母親は病の身で、お絹の帰りを待っている筈だ。今のお絹の様子を教え、余計な心配をさせることはない。

箱根路に入った左近は、三枚橋《さんまい》を渡り、湯本《ゆもと》を抜け、畑から続く様々な名のついた坂道を登った。

猿すべりの坂は、左右を雑木林に囲まれ、薄暗かった。時折、木の葉越しに洩れる日差しが、辺りを幻想的に見せていた。

左近は異様な気配に立ち止まった。異様な気配は、左手の雑木林の中から窺えた。

左近は気を集中させた。複数の人間の荒い息遣いが、微かに聞こえてくる。左近は静かに雑木林に踏み込んだ。

雑木林の中では、旅姿の中年浪人と若い侍が、刀を構えて対峙していた。

闘いは長く続いているらしく、中年浪人と若侍は互いに手傷を負い、言葉もなく息を荒く鳴らしていた。

そして、懐剣を握った旅姿の武家の妻女が、傍らの木立の根本にうずくまっていた。中年浪人と若侍は、武家の妻女を巡って斬り合っているのか……。

左近がそう思った時、三十歳前後の武家の妻女が、狂ったように叫んだ。

「殺して、その者を早く殺して……」

武家の妻女の叫び声に背中を押された中年浪人が、弾かれたように若侍に斬りかかった。

若侍が迎え撃った。

二人の刀が、火花を散らして絡み合った。武家の妻女が懐剣を構えて、若侍に激しく体当たりをした。若侍の脇腹には、武家の妻女の懐剣が突き刺さっていた。

若侍が苦しげに武家の妻女を見た。

「し、志乃《しの》様……」

「思い知ったか、卑怯《ひきょう》者……」

志乃と呼ばれた武家の妻女は、若侍の脇腹を懐剣で抉《えぐ》ろうとした。若侍が志乃を突き飛ばした。同時に中年浪人が、若侍を袈裟掛けに斬った。若侍が棒のように倒れた。

殺しても憎しみと怒りは治まらないのか、志乃は落ち葉に埋もれた若侍の顔を力を込めて踏みにじった。若侍は口から血泡を吹いて絶命した。

「約束を果たして貰おうか……」

中年浪人が志乃を枯れ葉の上に押し倒し、乱暴に着物の胸元を広げ、裾を捲りあげた。

志乃は恨みのある若侍を殺すため、己の身体を報酬にして中年浪人を雇ったのだろう。左近がそう思った時、志乃の懐剣を握り締めた白い手が、自分を抱く中年浪人の背に叩きつけられた。

中年浪人が悲鳴をあげて、志乃の上から転げ落ちた。中年浪人の背に血が滲み出し、広がった。

「お、おのれ、騙したな……」

続いて志乃は、中年浪人の顔を横薙に切り払った。中年浪人の両眼から血が噴き出た。志乃は、素早く立ち上がって身構えた。

眼を斬られた中年浪人は、よろめき転びながら雑木林の奥に逃げ込んでいった。

志乃は冷酷な眼差しで見送り、若侍の死体に眼を戻した。その時、志乃は人の気配に気付いて振り返った。木立の陰に左近がいた。

志乃は茫然と左近を見つめた。左近は無言のまま雑木林を出て、坂道に戻っていった。

男と女の間には、他人には分からぬ事情が秘められている。

志乃が何故、若侍を殺したいと憎み、中年浪人を裏切ったのか、左近には何の関わりもない事だ。

左近は白水坂《しろみず》を登った。間もなく箱根の関所だ。

箱根の関所には、旅人たちが手形《てがた》改めの順番を待っていた。関所の役人は、全員が小田原藩の藩士だ。だが、定番人《じょうばんにん》の居付き手当てや修理代は、幕府の負担となっていた。

左近は彦兵衛に通行手形を渡されていた。通過に問題はない。左近は順番を待った。その時、早馬が疾駆してきた。

左近たち手形改めを待つ旅人が、慌てて左右に道を開けた。

関所に着いた早馬は、中間たちに轡《くつわ》を取られた。使者の武士は、素早く馬を降り、関所に駆け込み、番頭に一通の書状を手渡した。

拙《まず》い……。

失った記憶が囁いた。早馬が届けた書状は、おそらく碩翁の家来の神尾将監からの物なのだ。関所を無事に通過できると思ったのは、甘かった。

左近は素早く旅人から離れ、雑木林に駆け込んだ。だが、旅人たちのざわめきが、関所の役人に左近の存在を報せた。

関所から横目《よこめ》と足軽《あしがる》たちが、鉄砲や弓を持って飛び出してきた。

左近は逃げた。追ってきた足軽たちが、一斉に鉄砲を放った。

雑木林に銃声が重なって轟き、一発の弾丸が左近の肩の肉を抉った。左近は激しい衝撃に身体の均衡を崩し、どっと倒れた。横目と足軽たちが、猛然と追いかけてきた。

逃げる左近の行く手を深い谷が遮《さえぎ》った。谷底から渓流の流れる音が聞こえていた。追って現れた足軽たちが、左近を取り囲んで鉄砲を構えた。

「その方、名は何と申す」

横目が尋ねてきた。左近は無言のまま脱出の機会を窺った。

「日暮左近か……」

書状は、やはり神尾からのものなのだ。

「……ならば、どうする」

「放て」

足軽たちが一斉に鉄砲の引き金を引いた。

その刹那、左近は大地を蹴り、深い谷に身を躍らせた。幾つもの銃声が、山々に轟き渡った。左近は谷底に向かって転げ落ちていた。薄れていく意識の中で、銃声が幾重にも谺《こだま》していた。


佐々木と渥美が、関所に到着したのは、その日の夕刻だった。

「日暮左近を討ち果たした……」

「左様、中野碩翁様御家中の神尾殿の報せを受けましてな。これが早馬で届けられた書状にござる……」

関所の番頭が、佐々木と渥美に一通の書状を差し出した。

「御免……」

佐々木が神尾の書状を読み始めた。

「して、日暮左近の死体は、何《いず》れに……」

左近を斬り棄てて、屈辱を晴らす。渥美は己の思いが叶わず、無念な思いにかられていた。

「ありません」

「ない……」

「左様、日暮左近は我等が鉄砲に撃たれ、谷底に転落した」

「ならば、死体を見届けた訳ではござらぬのですな」

渥美が食い下がった。

「鉄砲に撃たれたのは間違いなく、あの谷底に落ちれば命は助からぬ」

番頭は不快げに言い切った。

「いや、御貴殿の仰る通りでござろう。御助成かたじけのうござった……」

佐々木が書状を返しながら、関所の番頭に礼を述べた。

「日暮左近の死体は、明日から拙者たちが探します……」

二

漆黒《しっこく》の闇に渓流の音が聞こえていた。

気がついた左近は、ゆっくりと眼をあけた。屋根板の破れから、星のきらめきが見えた。

助かった……。

左近は起き上がろうとした。肩に激痛が走った。銃弾に肉を抉られた傷だ。

「無理をしてはなりませぬ……」

女の声がした。

左近は振り向いた。武家の妻女が、枕元に座っていた。見覚えがあった。

志乃……。

若侍を殺すため、己の肉体を報酬にして浪人を雇い、その浪人までもを殺そうとした武家の妻女の志乃だった。

「肩の他にも、いろいろ傷があります。暫く起きてはなりませぬ……」

左近は着物を脱がされ、肩の鉄砲傷などが手当てされているのを知った。

「助けてくれたのか……」

「……驚きました。崖の上から、貴方が転がり落ちてきた時は……木の枝に引っかかってから川の深みに落ちたので、助かったのでしょう。ここに運ぶのは大変でしたけど……」

志乃が濡れた手拭いで、左近の額の汗を拭った。

何故だ。どうして志乃は、自分の秘密を知っている俺を助けたのだ……。

志乃の濡れ手拭いは、左近の引き締まった胸の盛り上がりに降りた。大して汗の浮かんでいない胸を見つめ、濡れ手拭いで拭いた。志乃の眼が、しっとりと潤んでいた。

「……何故、あの若い侍を殺したのです」

「私を騙した罰です……」

志乃は毛筋ほども動揺しなかった。左近の胸を拭う手を止めなかった。

「騙した……」

「たとえ地獄に落ちようとも、生涯一緒にいると約束したから、私は夫の金子《きんす》を持って屋敷を出たのです」

「不義……」

「それなのに、新之助《しんのすけ》は金子を奪い、私を宿場に残して逃げた。許せませぬ……」

殺した若侍は、新之助と言う名前らしい。

「何者ですか」

「用人の息子……」

家来の息子と不義密通を働き、駆け落ちした武家の妻。それが、志乃の正体だった。

「何故ですか……」

「何がでございましょう……」

濡れ手拭いは、左近の腹を拭っていた。汗が浮かんでもいない腹を……。

「何故、不義を働いたのです」

「夫に私を愉《よろこ》ばす力、ございませんでしたので……」

事もなげに答えた。

「愉ばす力、新之助にはあったのですか」

「とても……」

志乃の濡れ手拭いが、左近の下帯一本の下腹に降ろされた。

「雇った浪人、どうして殺そうとしたのです」

「夫と同じ匂い……古く腐ったような匂いが、嫌いですので……」

志乃は笑った。淫乱さの溢れた凄絶な笑いだった。左近は微かな戦慄を覚えた。

渓流の流れは、月光に照らされてきらきらと輝いていた。

左近は渓流の水を浴びた。

志乃は男を食い殺す……。

斬り殺された新之助、眼を潰された中年浪人、二人はある意味で志乃の犠牲者なのだ。身から出た錆《さび》とはいえ、哀れだった。

これからも志乃は、何人もの若い男を破滅に追い込むだろう。左近自身、破滅に追い込まれぬ自信はなかった。

生かして置いていいのだろうか。殺した方が、世のためなのかも知れない……。

左近は青い月光を浴びて、冷たい流れに立ち尽くした。

左近は無明刀を抜き払った。志乃は左近を見上げて微笑んだ。

「斬るおつもりですか」

「……貴方は生きている限り、若い男を狂わせ、破滅させる」

志乃は笑った。眼を潤ませ、婉然と笑った。

「私はお女郎になります」

唐突な言葉だった。左近は驚かずにはいられなかった。

武家の妻女が、女郎になる……。

「生きていくには、お女郎になり、若い男を抱き続けるしかありますまい」

悲しみも哀れみもない、静かな乾いた声だった。志乃は、己の肉体に秘められた業《ごう》の恐ろしさを知っていた。そして、与えられた宿命を素直に受け入れ、懸命に生き抜こうと覚悟している女なのかも知れない。

左近は無明刀を静かに鞘に納めた。

東海道十一番目の宿場、三島宿《みしま》は江戸から二十八里（約一一〇キロ）余、駿府までは十六里（約六三キロ）だ。

左近は志乃を残して間道を進み、銃弾で抉られた肩の痛みに耐え、漸《よう》く三島宿に辿《たど》り着いた。

碩翁の配下たちは、既に追いついているか、箱根の山中に左近を探している筈だ。ひょっとしたら志乃と出逢い、左近が無事だと知り、再び追跡を開始したかも知れない。

志乃……。

志乃の夫堀田内蔵助《ほったくらのすけ》は、駿府勤番組頭を務める五百石取りの旗本だった。五年前、志乃は妻を亡くした堀田の後添《のちぞ》いになった。その時、堀田は既に四十歳を過ぎていた。

堀田は志乃を持て余し、閨《ねや》から遠ざけるのに時間はかからなかった。以来、志乃は若い男を漁《あさ》った。

三島宿から一里半、左近は沼津五万石水野出羽守《みずのでわのかみ》の領地である沼津《ぬまづ》の宿を通過した。

続いて富士山を望みながら原宿《はら》、吉原宿《よしわら》と抜け、江戸から三十七里（約一四五キロ）の蒲原《かんばら》の宿に着いた。

後一里で、由井正雪の生まれた由井《ゆい》の宿場だ。

おそらく神尾将監は、正雪に縁のある場所を監視下に置き、待ち構えているだろう。下手に踏み込む訳にはいかない。

左近は旅籠『木瓜屋《ぼけや》』に泊まった。


日暮左近は死んではいない……。

無事に東海道に戻り、既に西に向かっている。佐々木兵馬は谷底一帯を探し、そう断定して東海道に急いだ。別れて探している渥美千之助と、繋ぎを取る暇はなかった。

如何《いか》に氷室を倒した左近でも、手傷を負っている限り、一人で充分……。

佐々木は夜の東海道を西に急いだ。

佐々木が小半刻ほどいった時、背後から馬蹄の響きが近づいてきた。神尾と見聞組の者たちだった。

その頃、渥美千之助は志乃と出逢い、誘われるままに豊満な肉体を貪《むさぼ》っていた。

翌朝早く、左近は蒲原の宿を出立した。由井の宿まで僅か一里。左近は漂う朝靄の中を油断なく進んだ。

由井の宿場に近づいた。微かに朝靄が揺れた。左近は足を止めた。揺れる朝靄の奥に人影が浮かんだ。

刀が光った。

敵。身のこなしから見て、江戸から追って来ている雲水の一人だ……。

左近は地を蹴った。同時に、朝靄の奥にいた人影も、抜いた刀を八双に構え、猛然と走りだした。左近は人影に向かって走った。

朝靄が鋭く引き裂かれていく。

刀を八双に構えた人影が、雄叫びをあげて左近に走り寄る。佐々木兵馬だ。引き裂かれた朝靄が激しく渦を巻いた。

左近と佐々木が激突した。佐々木の刀が、鋭く斬り降ろされた。左近は僅かに身体を開いた。

左近の鼻先で、空を斬る刃音が鋭く鳴った。次の瞬間、左近の無明刀が、横薙に光芒を放ち、朝靄が赤く染まった。

一瞬の出来事だった。赤く染まった朝靄は、残心《ざんしん》の構えを取る左近を包んだ。

佐々木が落ちるように膝をつき、ゆっくりと顔から崩れた。無明刀は煩悩を断ち切るように、一太刀で佐々木を昇天させた。

左近は消え始めた朝靄の奥を見つめていた。神尾将監が現れた。そして、配下の見聞組の面々が、左近を取り囲んでいた。

左近は完全に包囲されていた。

「日暮左近か……」

「……神尾将監殿か」

「如何《いか》にも……」

神尾は頷き、不敵な笑みを浮かべて片手を挙げた。見聞組の面々が一斉に刀を抜き、前後左右から間断なく左近に襲いかかった。

甲州《こうしゅう》流兵法車懸《くるまが》かりの戦法だ。氷室精一郎を斬り、佐々木兵馬を倒した左近だ。見聞組の者が、一人一人闘っても勝ち目はない。神尾はそう決断し、車懸かりの戦法を命じたのだ。

左近は斬った。最早、見切りも技も無用だ。闘争本能の命じるままに戦うしかない。左近は次々と目の前に迫る刀を弾き返し、雄叫びをあげて無我夢中で斬った。

血が噴き、腕が飛び、脚が転がった。

肩に激痛が走った。いつの間にか、肩の傷口が開き、血が流れていた。

このままでは、斬られる……。

肩の激痛が、左近を冷静にさせた。

脱出しろ……。

失った記憶が囁いた。

咄嗟に左近は、神尾に向かって突進し、激しく斬りつけた。神尾は左近の刀を弾き飛ばし、刀を鋭く閃かせた。

左近の笠が飛んだ。しかし、左近はそのまま神尾の脇を走り抜けた。神尾の背後には、見聞組の者は誰一人としていなかった。

しまった……。

神尾は悔やんだ。咄嗟に躱さず、左近と斬り結べば良かったと、悔やんだ。己の腕を信じ、背後の備えをしていなかったことを悔やんだ。

左近は包囲網の弱点を見抜き、車懸かりを打ち破った。見聞組の者たちが、慌てて左近を追った。最早、無駄だ。左近は逃げ失せる……。

神尾は倒れている配下の斬り口を調べた。誰もが、確実に一太刀で倒されていた。

氷室に続き、佐々木も倒された……。

佐々木は刀を握り締め、断ち斬られた胴から腸をはみ出させて死んでいた。無念の思いが、満面に浮かんでいた。

日暮左近、恐ろしい相手だ……。

その時、渥美が息を荒く鳴らして駆け寄ってきた。

「か、神尾様……」

神尾は冷酷に一瞥した。

渥美は怯えた。志乃に誘われ、豊満な肉体に溺れていたことを必死に隠した。

だが、上気した渥美の胸元から、淫靡な匂いが微かに漂った。

神尾の刀が閃いた。渥美の顔から血が飛んだ。頬を十文字に抉られた渥美は、両手で傷を押さえてうずくまった。溢れる血が、指の間から滴り落ちた。

「顔に醜い傷痕が残れば、女に現《うつつ》を抜かすこともあるまい。佐々木たちを弔《とむら》い、早々に江戸に戻れ……」

渥美は絶望に叩きこまれた。己を恥じ、自己嫌悪に塗れた。

左近の行き先は駿府……。

神尾はうずくまる渥美を残し、東海道を西に急いだ。

見聞組の追跡は執拗を極めたが、左近は倉沢《くらさわ》辺りで、漸く見聞組の連中を振り切った。既に神尾は、左近の行き先が由井正雪の最期の地である駿府だと、気がついている筈だ。

一刻も早く駿府に入り、鹿革に書かれた文字の謎を解く手掛かりを得なければならない。

左近は興津《おきつ》川を渡り、興津の宿に入った。駿府までは、江尻《えじり》宿を間にして後三里三十二丁（約一五キロ）。先は見えた。だが、幕領である駿府に、左近が安心して身を潜める場所はなかった。

その昔、駿府は今川《いまがわ》氏が守護所を置き、西の山口と並ぶ地方文化の中心地であった。そして、徳川家康が隠居地と定め、城を拡張して城下町を整備した。

後に駿府城主だった徳川忠長《ただなが》が改易《かいえき》されて以来、駿府は幕府の直轄地となり、大身旗本が駿府城代、駿府勤番組頭、駿府町奉行として江戸から赴任し、支配した東海道の要衝《ようしょう》の地であった。

百六十年前、由井正雪が駿府で最期を遂げたのは、駿府城奪取の準備に訪れていたからであった。

だが、江戸で幕府転覆の企てが発覚し、同志はことごとく召し捕らえられた。正雪は、逗留していた茶町の旅籠梅屋で、企てが破れたと知り、自刃して果てた。

幕領駿府は公儀の支配の厳しい土地だ。城下九十丁（約一〇キロ）に及ぶ宿内には、武士を除いた町人が一万四千人ほど暮らしており、家が三千六百七十余りあった。

公儀に隠然たる力を持つ中野碩翁。その家来である神尾将監にとり、駿府は江戸と同じように思いのまま活動できる所だ。

今、左近はその駿府に急いだ。身を潜める場所もなければ、誰一人味方のいない駿府に……。

左手に久能山《くのうざん》が見えてきた。道端の道標には、『小吉田村、駿府まで二里』と記されていた。

左近は東海道を棄て、小吉田村の田舎道に入った。駿府の宿場の入り口には、おそらく神尾の報せを受けた役人が待ち構えている。

正面から行く必要はない……。

左近は駿府への道を国吉田《くによしだ》、長沼《ながぬま》、狐が嶋と続く村の裏道にとった。まるで当然のように……。

左近は無意識に行動している自分に驚いた。

昔、同じことをしたのかも知れない……。

おそらくその時も、何かを恐れて東海道を通らず、裏道を抜けたのだ。

自分は過去に何をしていたのだ……。

左近は大磯《おおいそ》の松並木で逢った行商人、そして陽炎を思い出した。

二人は俺の正体、過去を知っている……。

江戸に戻ったら陽炎を探し、自分の正体を突き止める。だが、それは駿府から無事に江戸に帰れた時の話だ。

その前に、鹿革に書かれた文字の謎を解くか、何らかの手掛かりを摑まなければならない。

左近は小高い丘の上に出た。眼下に駿府の町が広がり、火事で天守閣を失った城が見えた。漸く辿り着いた。だが、肝心なのはこれからだ。左近は鹿革の写しを取り出した。

奇理氷権石
非縁法人天

そして、文字を一つ置きに書いた物を見た。

奇氷石
非法天

果たして駿府には、由井正雪の軍資金か、これらの文字と関わりのある物があるのだろうか。

とにかく調べるしかない……。

失った記憶が囁いた。左近は駿府に向かい、丘をゆっくりと降りた。

三

左近は既に駿府に潜入している。

神尾将監は、駿府町奉行松下《まつした》安房守《あわのかみ》に宿改めと、見廻りの強化を申し入れた。安房守は神尾の申し出を、すぐに聞き届けた。いや、聞き届けずにはいられなかった。公儀に隠然たる力を持つ中野碩翁の推挙があれば、江戸に帰るのも早い。江戸から来ている旗本の松下安房守は、それを願って聞き届けた。

見聞組と役人たちの宿改めと見廻りが、連日行われた。だが、左近は何処にもいなかった。百六十年前、由井正雪が町奉行所役人に包囲されて、自刃した旅籠の梅屋は幕府によって潰されたが、いつしか再建されていた。

左近は必ず現れる。神尾は梅屋に見聞組の者を潜ませた。だが今のところ、左近が梅屋に現れた様子はなかった。

神尾は駿府の地図を前にして、左近が正雪の軍資金の何を探り、突き止めようとしているのかを考えた。

鹿革の文字の謎だ。神尾は文字の写しを、地図の上に置いて見つめた。

左近は城下町外れの廃寺の庫裏で、駿府の地図を見つめていた。廃寺に潜んで五日が過ぎたが、手掛かりは何も摑んでいない。

駿府の町とその周辺には、正雪の軍資金の噂は一切なかった。そして、鹿革に書かれている文字のつく場所や建物もなかった。

土地の古老に尋ねても、『奇氷石』と『非法天』の意味は分からなかった。彦兵衛が推測した富士山の風穴にある〝奇妙な氷の石〟は、誰も知らなかった。無論、『非法天』など論外だ。

残るは品物……。

明日からは、謎の文字のついた品物を探してみるべきだろう。

正雪は茶町《ちゃまち》にある旅籠の梅屋に逗留し、企てが破れたと知って自刃した。もし、正雪の遺品があるとしたならば、梅屋に残されている可能性が大きい。

だが駿府の町は、町奉行所の役人たちが、厳しく見廻りをしていた。それが神尾の仕業ならば、旅籠の梅屋にも然《しか》るべき手を打っているのは、間違いない。梅屋は駿府で最も危険な場所なのだ。

危険は今に始まった訳ではない。巴屋の出入物吟味人を引き受けた以上、覚悟

百姓は土間の隅の上がり框に腰かけて、腰に付けた包みから握り飯を出し、ひっそりと食べ始めた。おしんがお茶を運んできてくれた。

「すいません……」

百姓はおしんに頭を下げた。

小半刻後、老板前は百姓がいないのに気がついた。

「野菜売り、帰ったのかい」

「はい、そうらしいですよ……」

おしんが、夕餉の仕度をしながら答えた。旅籠はこれからが忙しい。仕込みにかかった老板前は、野菜売りの百姓をすぐに忘れた。

九ツ刻(午前零時)、台所の火は落とされ、梅屋は眠りについた。台所の床の下から、手拭いで頬被りをした百姓が這い出してきた。百姓は辺りに誰もいないのを確かめ、手拭いを取った。左近だった。

左近は野菜売りの百姓に化けて、梅屋の台所に入り、隙を見て床下に潜り込んだのだ。

やはり梅屋は、神尾の監視下に置かれていた。帳場にいた番頭風の男が、神尾の配下であるのは、左近を一瞥した鋭い眼が教えてくれた。客商売の旅籠の番頭が、どんな相手に対しても、あのような目つきをする筈はない。

左近は寝静まった梅屋の奥に油断なく進んだ。そして、主の部屋に忍び込み、眠っていた梅屋伝兵衛《でんべえ》に台所から持ち出した出刃包丁を突きつけた。

伝兵衛が眼を覚ました。

「殺されたくなければ、聞くことに答えろ」

左近の囁きに、伝兵衛は小刻みに震えながら頷いた。

「由井正雪の遺品はあるか……」

「由井正雪……」

「そうだ。この梅屋で自刃した謀叛人の由井正雪、先祖から聞いている筈だ」

「は、はい……」

「あるのか、正雪の遺品……」

「ございます……」

「物はなんだ」

「印籠《いんろう》にございます」

「それだけか……」

「左様にございます」

「何処にある」

「ここに……」

「この部屋の何処だ」

「袋戸棚……」

左近は伝兵衛の鳩尾《みぞおち》を拳で鋭く突いた。伝兵衛は気を失った。左近は袋戸棚を調べた。

印籠は絹布に包まれ、古い桐箱に納められていた。黒い漆塗りの印籠は、何の変哲もない物だった。印籠の中は空であり、何も記されてはいなかった。

廊下が微かに鳴った。誰かがやってくる。左近は印籠を絹布に包んで懐に入れ、素早く伝兵衛の部屋を忍び出た。

台所に戻って来た左近は、油断なく辺りの様子を窺った。変わった気配はない。奥から誰かが近づいてくる。左近は土間に降り、潜り戸から外に出た。

月も星もない暗い夜だった。左近は闇を透かし見て、異常のないのを確かめ、梅屋の表に向かった。

番頭風の男が、奥から台所に現れ、鋭い眼差しで辺りを見廻した。やはり、神尾の配下なのだ。左近は辛うじて危機から逃れた。

左近は廃寺に急いだ。手に入れた正雪の印籠を、廃寺で詳しく調べなければならない。左近は走った。

左近を密かに追う者がいた。女中のおしんだ。おしんは、神尾が束ねる見聞組の一人だった。左近はおしんの追跡に気づかず、廃寺に向かって走った。

一刻後、おしんが町奉行所に駆け込んだ。

「……城下外れにある無住の荒れ寺か」

「はい。日暮左近はそこに潜んでおりました」

おしんが神尾に報告していた。

「神尾様……」

傍らに控えていた三枝市之丞《さえぐさいちのじょう》が、鋭い眼差しで神尾を見た。

「三枝、皆を集めろ……」

「心得ました」

三枝は素早く部屋を出ていった。梅屋にいた番頭風の男だった。

「日暮左近、思いの外《ほか》、素直に罠にかかったものだ……」

おしんは小さく笑った。

印籠の何処をどう見ても、何も隠されていなかった。

正雪の軍資金、その隠し場所を教えてくれる手掛かりはない。危険を犯して駿府に来たのは、無駄なことだった。左近はそう思わずにいられなかった。

虫の鳴き声が消えた。

左近は素早く灯りを消した。廃寺に誰かが来たのだ。虫の鳴き声が、それを教えてくれた。

左近は破れ障子から油断なく外を窺った。暗闇を揺らして、人影が蠢《うごめ》いていた。神尾と配下の者たちに違いない。

尾行された……。

正雪の印籠を手に入れ、知らずしらずに気が緩んだのだ。

まさか、この印籠……。

左近を誘《おび》き出すために、神尾が餌にした贋物なのかもしれない。いや、贋物なのだ。左近は己の失態を恥じた。だが、恥じている暇はない。危機を突破するのが先決だ。

奉行所の役人たちは、既に廃寺を十重二十重《とえはたえ》に取り囲んでいた。神尾は配下の見聞組を要所に配置し、三枝と町奉行所与力が率いる鉄砲隊を従えて、廃寺の前に進んだ。

神尾将監の手配りならば、全ての脱出口は完璧に塞がれた筈だ。左近は窮地に立たされた。

「日暮左近、最早逃げられぬ。覚悟を決めて出てまいれ……」

神尾の声が聞こえた。

覚悟を決めて出て行ったところで、どうなるというのだ。左近は脱出の手立てを模索した。そして、微かな可能性に気づいた。

神尾は廃寺を見つめていた。左近が出てくる気配はない。氷室精一郎を倒し、佐々木兵馬を斬った左近。神尾は剣客の誇りを賭け、密かに勝負を望んでいた。

儂はその望みを叶えるため、左近を追っているのかもしれない……。

だが左近が、廃寺から出てくる気配は、まったくなかった。

「神尾様……」

三枝が行動を促した。

神尾は頷いた。三枝は町奉行所与力に目配せをした。与力の指示を受けた鉄砲隊が、銃を一斉に構えて狙いをつけた。

「放て……」

銃声が夜空に轟いた。廃寺から火の手があがった。

神尾が僅かに動揺し、三枝たち見聞組の者たちは唖然とした。町奉行所与力と役人たちは狼狽し、ざわめいた。

燃え上がる炎は、驚くべき速さで廃寺を包んだ。役人たちの包囲網は、呆気なく崩れた。町奉行所与力は、火が城下に燃え広がるのを恐れ、慌てて役人たちに消火を命じた。

左近が火を放ったのだ。長い間、人の住んでいなかった廃寺は、薪の山のように簡単に燃えた。

「日暮が打って出てくるかもしれぬ、持ち場を離れるな……」

見聞組の者たちに叫ぶ三枝の声が、激しく燃え盛る炎の中に切れぎれに飛んだ。

見聞組の者たちは、炎に炙《あぶ》られながら左近の出てくるのを必死に待った。

日暮左近……。

神尾は左近に憎しみを覚えた。

左近は廃寺の要所に火を放ち、素早く床下に潜り込み、神尾たちの包囲網が崩れるのを待った。頭の上では、炎が音を立てて燃え、猛然と渦を巻き、柱を倒し天井を落とした。炎は床を焼き始め、左近の髪を焦がした。

廃寺の屋根は、間もなく焼け落ちる。その時、神尾たちの包囲網は完全に崩れる。

脱出する機会は、その時しかない。左近は髪を焦がす熱気に耐え、ひたすら待った。

風が唸り、役人たちのどよめきがあがった。

廃寺の屋根が、漸く燃え落ちるのだ。左近は床下から一気に飛び出した。

炎に包まれた廃寺の屋根が、火の粉を噴き上げて崩れ落ちた。

「退け……」

神尾が鋭く叫んだ。必死に持ち場を守っていた見聞組の者たちが、身を投げ出すようにして素早く後退した。その場所に、炎に包まれた屋根が轟音をあげて崩れ落ち、火の粉を激しく撒き散らした。

左近は脱出した……。

それを敏感に察知した神尾は、三枝を呼んだ。

「三枝、急ぎ城下に戻れ……」

返事をした三枝が、見聞組の者たちを率いて駆け去った。

神尾には、踊るように燃え盛る炎が、闘う左近の姿に見えてならなかった。

左近は走った。燃え上がる廃寺、狼狽した役人たちの声。それらを背にして、茂みや雑木林、そして畑を走り続けた。

駿府の城下町は、遠くに見える廃寺の火事にざわめいていた。

左近は駿府脱出を計り、暗がりを疾走した。だが、町奉行所の役人たちが、辻々に篝火《かがりび》を燃やし、厳しく警戒をしていた。役人たちの中には、梅屋の番頭に扮していた見聞組の者がいた。

動きが読まれている……。

左近は神尾将監の恐ろしさを知った。

夜の町に馬蹄が響いた。火事場装束の武士が、家来たちを従えてやって来た。役人たちは緊張した。

「駿府勤番組頭堀田内蔵助様である。火事は何処ぞ」

駿府勤番組頭堀田内蔵助の家来が、役人頭に高圧的に尋ねた。

「はっ、城下を北に半里ほど行った所にある無住の荒れ寺にございます」

「火は広がらずに済むのか」

馬上の堀田が、苛立たしげに眉根を寄せて尋ねた。

「はっ、町奉行所の者共が、すぐに駆けつけましてございますので……」

「そうか……」

堀田は役人頭の傍にいる三枝に眼を止めた。

「その方、何者だ」

「拙者、中野碩翁様家中の三枝市之丞と申します」

「……中野碩翁様のご家中とな」

「はい……」

「ならば、儂が出張るまでもなかろう……」

堀田は皮肉な笑みを三枝に浴びせ、馬首を返した。家来たちが続いた。三枝と役人頭たちが、頭を下げて見送った。堀田の家来たちの中に左近が紛れ込んでいた。気がついた者はいなかった。

堀田の屋敷は、駿府城の廓内にあった。

左近は屋敷の門を潜ると同時に闇に飛び、物陰に身を潜めた。駿府城下で最も安全なのは、廓内の武家屋敷なのだ。

左近は馬小屋の屋根の上に潜み、火事で出動した家来たちの寝静まるのを待った。正雪の印籠は、やはり神尾の罠だったのだ。

駿府に正雪の軍資金の手掛かりは、何もないのかも知れない。左近は駿府までの旅が、虚しく思えた。

淫乱の志乃、殺された新之助、眼を潰された中年浪人、自分を見て驚いた行商人、斬り棄てた神尾配下の佐々木兵馬……。出会った者の顔が、次々と浮かんでは消えた。

次の瞬間、左近は意外な事実に気がついた。

駿府勤番組頭、堀田内蔵助……。あの志乃の夫だ。左近は奇妙な因縁に驚いた。

四

眼下の座敷では、堀田内蔵助が若い家来の酌で酒を飲みながら、年老いた用人にねちねちと嫌みを浴びせていた。

「高田《たかだ》、その後の二人の消息、何か分かったのか……」

「それが未だ、何も……」

「討っ手は、かけたのであろうな」

「仰せの通りに……」

「……その方も年老いたとみえ、生温《なまぬる》いやり方、眼に余る。老いぼれて走れなくなった馬は、殺してやるのが情けと聞く……」

高田と呼ばれた年老いた用人は、堀田の嫌みをうなだれて聞いていた。

「……その方、儂が介錯をしてやる故、早々に覚悟を決めるが良い。のう……」

堀田は酌をする若い家来に同意を求めた。若い侍は媚《こ》びるように笑った。高田は俯き、屈辱に耐えていた。

「もう良い、退がれ」

堀田の甲高い声が響いた。高田は深々と平伏して出ていった。

「役立たずの年寄りが……」

堀田は蔑みの眼差しで高田を見送り、若い家来の酌を受けた。そして、若い家来の手を引いて横抱きにし、口移しに酒を飲ませた。

衆道《しゅどう》……。堀田は若い男を性の対象にする男色家だった。淫奔《いんぽん》な志乃が満たされず、若い男と逐電《ちくでん》をしたのも無理はなかった。

堀田と若い家来は、密やかに戯《たわむ》れ始めた。衆道を見物する趣味はない。左近は静かに天井板を閉めて、屋根裏を移動した。

用人の高田新兵衛《しんべえ》は、屋敷内にある自宅に戻り、仏壇に灯明《とうみょう》をあげて手を合わせた。

「ゆき、最早一刻も早くそなたの傍に行きたいが、奥方様と新之助の行方が分からぬ限り、それも叶わぬ……」

高田は窶《やつ》れ果てた老顔を、仏壇の位牌に向けて囁いた。冷え冷えとした座敷に、押し潰されそうになりながら座り続けた。

「御子息は、新之助殿と申されるか……」

襖の向こうから左近が囁いた。高田は驚きもせず、ゆっくりと振り向き、落ち着いて尋ねた。

「何者だ……」

左近が襖を開け、静かに入ってきた。

「故《ゆえ》あって追われ、御当家に逃げ込んだ者」

「左様か……」

逃亡者と聞いても慌てず、身構えもしなかった。最早、世俗との関わりを棄てている態度だった。

「お主、新之助を御存知か……」

「駿府に来る途中、逢いました……」

「如何《いかが》していたかな」

「浪人に斬られました」

高田は老顔を微かに歪ませた。

「……死にましたか」

左近は頷いた。

高田は静かに天を仰いだ。深く刻まれた皺に涙は伝わらなかった。

「……して、志乃様は」

「江戸に向かわれた……」

「左様ですか……」

左近は新之助が斬られた顚末《てんまつ》を詳しく話した。何故かそうしたい衝動にかられた。

「新之助も愚かな者よ。殿に玩ばれたのを恨み、奥方様に手を出すとは……あの恐ろしい志乃様と、懇《ねんご》ろになるとは……」

新之助も主の堀田と衆道の交わりを結んでいたのだ。だが、新之助は棄てられた。新之助はそれを恨み、志乃を誘惑した。

淫奔な肉体を持て余していた志乃は、新之助の誘いに乗って情を交わした。そして二人は、金子を持ち出し、駆け落ちをしたのだ。

怒り狂った堀田は、討っ手をかけるように用人の高田に密かに命じた。

武家が妻に、家来筋の男と駆け落ちされるのは大いなる屈辱だ。もし、その事実が判明すれば、武士として切腹をし、名誉を守らねばならない。

堀田は今、志乃が新之助を供にして、縁戚の元に使いに行ったと届け出て、一方で討っ手をかけて密かに殺し、事態を闇に葬ろうとしているのだ。

堀田家用人の高田新兵衛は、主の妻と我が子に討っ手をかけた。

「父親の放った討っ手に斬られなかっただけが、救われた思いにござる……」

高田は淡々と呟き、仏壇に手を合わせた。

「奥方は……いや、志乃殿は江戸に出て、女郎になるそうです」

「女郎……」

「それが、自分の宿命だと……」

「お気の毒なお方だ……」

高田は志乃に同情した。左近は密かに苛立った。妻が家来筋の若者と駆け落ちし、女郎になると知れば、如何に厚顔無恥な堀田内蔵助でも、屈辱に塗れて切腹せずにはいられぬ筈だ。

左近は事実を公表すべきだと、高田に勧めた。高田は苦笑した。皺だらけの口元を僅かに歪め、まるで泣いているような苦笑を浮かべた。

「それよりお主、どうして追われている」

高田はいきなり話題を変えた。左近は思わず緊張した。

「心配は無用だ。たとえお主が、何人もの人を食らった悪党であろうが、儂には倅の消息を報せてくれた方でしかない。それに致しても、駿府勤番組頭の屋敷に逃げ込むとは、見事な策……良ければ、いつまでもいるがいい……」

左近は眼を瞠《みは》った。先ほどまで、身を縮めていた高田が、急に大きく見えたのだ。いや、見えただけではなかった。肚の据わった老人。それが、高田新兵衛の正体なのだ。左近は気がついた。


あの夜、左近が駿府を出た形跡はなかった。神尾は三枝たち見聞組を城下の要所に配置して、左近が姿を現すのを待った。

「おしん、そなたなら、何処に潜む……」

おしんは神尾の腰を揉む手を止めずに答えた。

「我等の手が、決して及ばぬところかと……」

「あるか、そのような所が……」

「ございます」

おしんの腰を揉む指に力が込められた。

「……城か……」

「かも知れませぬ……」

「なるほど、駿府の城内ならば、我等や町奉行所に踏み込まれる恐れはないな……」

おしんの指は、巧妙に腰の凝りを探し当て、力強く揉みほぐしていた。

神尾はうつ伏せのまま、後ろ手におしんの手首を摑んだ。おしんが腰を揉むのを止め、微かに息を飲んだ。

神尾は仰向けになり、おしんを引き寄せた。おしんは神尾の分厚い胸に抱かれ、うっとりと眼を瞑《つむ》った。

おしんの身体が、熱く火照《ほて》っていく。神尾はおしんの火照った身体を抱いたまま、それ以上のことをしなかった。おしんは、それだけで充分に満たされ、幸せだった。

「明日にでも、町奉行の松下殿に話を通し、密かに城内を探索させて貰う……」

「できますか……」

「おしん、そなたの兄は、中野碩翁様の懐刀だ……」

おしんは、神尾の死んだ父親が、密かに囲った妾に生ませた子供であり、妹だった。神尾とおしんが兄妹であり、密かに慕い合っている事実は、碩翁を始めとして知る者はいなかった。

二人は禁断の愛の一歩手前で踏み止《とど》まり、いつ崩れるか分からぬ緊張感を持続していた。

まるで楽しむかのように……。

やがて神尾は、寝息を立て始めた。

おしんは手早く身繕いをし、静かに部屋から出ていった。

静かに目を開けた神尾は兄に恋したおしんを、哀れに思わずにはいられなかった。

翌朝、神尾は町奉行松下安房守に城内探索を申し入れた。松下は飽くまでも隠密裏に探索するのを条件に頷いた。

神尾はすぐさま三枝たち見聞組を率いて、駿府城に乗り込んだ。

高田新兵衛は、左近たちが由井正雪の軍資金を巡り、中野碩翁と争っていると聞き、面白がった。

「左近殿、お主、本当に由井正雪の軍資金があるとお思いか」

「分かりません。ですが、そのために何人もの人が、命を落としているのです。その者たちのためにも、本当にあるのかないのか、突き止めてやらなければなりますまい」

「せめてもの供養ですか……」

「はい……」

「由井正雪か……」

「何か御存知ですか」

「ウム、由井正雪が駿府に来た時、我が一族に昵懇《じっこん》になった者がいましてな、正雪に楠木流軍学の教えを受けたそうです」

「楠木流軍学……」

「左様、南北朝の動乱の時、後醍醐《ごだいご》天皇を奉じて足利尊氏《あしかがたかうじ》と闘い、苦しめた楠木正成公が編み出した軍学です」

「高田殿、楠木流軍学にこのようなくだり、ありますか……」

左近は鹿革の写しを見せた。

奇	理	氷	権	石
非	縁	法	人	天

「き、り、ひょう、けん、せき。ひ、えん、ほう、じん、てん……」

高田は怪訝に写しを読み下した。

「心当たり、ありますか」

「……いいや」

左近は一つ置きに読んだ写しを示した。

奇	氷	石
非	法	天

「ならば、これは如何です……」

「き、ひょう、せき。ひ、ほう、てん……」

読み終えた高田が、首を横に振った。

「そうですか……」

左近は落胆を隠せなかった。

「左近殿、諦められるのは早い。この城の御文庫には、由井正雪の残した書があります。それを調べてみましょう」

「そのような物、あるのですか」

「左様……」

「では、明日にでも御文庫に……」

「ところが、昨日から見知らぬ者共が、城内をうろついておりましてな……」

見聞組の者たちだ……。

「おそらく、お主を追っている中野碩翁の手の者共でござろう……」

流石は神尾だった。左近にとって最も安全な隠れ場所は、城だと気づいたのだ。

「御文庫に行くのも、油断はなりますまい」

「ならば、この屋敷も……」

「それは心配ありますまい……」

高田は苦笑した。

廓内の堀田屋敷は、訪れる者もなく、常に静かだった。主の堀田内蔵助は、決まった時刻に出仕し、帰ってくる。

役目だけは、過怠《かたい》なく果たしているが、親しく酒を酌み交わす友もいなく、孤立していた。それは、堀田の性格を良く表し、左近が隠れるのに好都合だった。


左近が駿府に旅立って十日が過ぎた。

おりんは、左近が知らぬ間に駿府に行ったのに不満を抱きながら、お絹の世話をしていた。

房吉は相変わらず萬屋を見張っていたが、徳右衛門に変わった動きはなかった。

彦兵衛は中野碩翁の動きを見守っていた。碩翁の屋敷には、様々な学者が招かれていた。それは、今までにはなかったことだ。碩翁は鹿革の文字の謎を、学者たちに解かせようとしているのだ。

左近さんはどうしているのだろう……。

巴屋を見張っていた二人の雲水は、左近が旅立った夜からいなくなった。追っていったのに違いない。いつの間にか、神尾将監も碩翁の屋敷から姿を消していた。やはり、左近を追って駿府に向かったのだ。

果たして左近は、無事に駿府に着いたのだろうか、それとも……。

彦兵衛は浮かぶ焦燥を懸命に押さえた。

「大体ね、叔父さん。記憶を失っている左近さんが、たった一人で駿河に行くなんて、無茶なのよ」

「旦那、あっしもそう思いますよ……」

「そうかな……」

「当たり前じゃない。左近さん、飛脚も使うことも知らないのよ」

「そう言えば、行ったきり、便りの一つもありませんね……」

「そうよ。これじゃあ、生きているのか死んだのか、分かりゃあしない」

「おりん、不吉なことを言うものじゃあない」

「でも、叔父さん……」

尚《なお》もおりんは不満を言い募ろうとしたが、房吉が遮った。

「それより旦那。碩翁の爺いが、学者を呼んでいるなら、あっしも見張りましょうか」

「いや、たとえ碩翁が謎を解いたとしても、手足となって働くのは徳右衛門だよ。

今のままでいいだろう……」

「そうですか……左近さん、謎を解いて、早く帰ってくればいいんですがね」

「そうよねぇ……」

言われるまでもなく、彦兵衛も左近の帰りを待ちわびていた。

妖怪中野碩翁の影が、次第に大きくなって彦兵衛たちにのしかかり始めている。碩翁にとって、巴屋を潰すなど造作もないことだ。不安と焦りが、彦兵衛たち三人の間を駆け巡っていた。

「房吉、おりん、勝負はこれからだ。私は今までに築いてきた信用と身代を食い潰してでも、妖怪と闘い抜いてやるよ……」

「叔父さん……」

「そうしなきゃあ、この巴屋彦兵衛、公事宿の看板を降ろさなきゃあならない……」


堀田家用人、高田新兵衛の甥。それが、高田と一緒に城内の御文庫に向かう左近の身分だ。身分が偽りだと露見した時、高田の命はない。左近はこれ以上、迷惑をかけず、一人で潜入しようとした。だが、高田は単独行動を許さなかった。

御文庫は二の丸にあった。左近は高田に従って城内を進んだ。要所に佇む番士たちは、高田に好意を持っているのか、笑顔で通してくれた。そして高田は、巡回の番士たちに気軽に声をかけて擦れ違った。

左近は高田に従い、辰巳《たつみ》櫓《やぐら》を左に曲がり、二の丸に入った。御文庫は学問所と並んで建っていた。ここまで無事に来られたのは、全て高田の御陰だ。左近は感謝した。

「何処に参られる」

鋭い声が浴びせられた。見聞組の者が、巡回の番士たちと駆け寄ってきた。

「何事でござる」

高田は厳しい声音で逆に問い質《ただ》した。

「これは高田殿……」

巡回の番士頭が、恐縮したように頭を下げた。

「河合《かわい》殿、こちらの御仁は、駿府勤番組頭堀田内蔵助様の御用人高田新兵衛殿です。決して怪しい方ではござらぬ」

番士頭が、河合と呼んだ見聞組の者に告げた。

「そちらの方は……」

河合は左近を見据えて尋ねた。

「岐阜から来た甥でしてな、御文庫を見たいと申すので、案内する所だ。この通り、我が主堀田内蔵助の添え状もある」

高田は添え状を番士頭に見せた。勿論、高田が偽造した物だ。

「お手間を取らせた。どうぞ……」

「ならぬ、待て」

河合が通り過ぎようとした左近の肩を摑んだ。

「無礼者」

高田が激しく一喝し、河合を殴り飛ばした。そして、間を置かず、倒れた河合に馬乗りになり、抜き放った脇差を首に突きつけた。止める間もなかった。

「その方、何者かは存ぜぬが、この高田新兵衛が甥の行く手を遮ると申すか」

高田の老顔は、まさに戦場に臨む古武士のように厳しかった。

「どうしても遮るならば、武士の面目にかけて、命は戴く……」

高田は命を棄てて、河合と刺し違える覚悟だ。おそらく、一人息子である新之助の無残な死を知った時、己の命を始めとした全てのものを棄てたのだ。左近は高田の覚悟が、哀しく思えた。

「ご、御無礼、仕《つかまつ》った……」

河合は高田の気迫に押された。

御文庫は黴《かび》臭かった。高田は片隅にある葛《つづら》の前に左近を案内した。葛には、『由井正雪、押収遺物』と書いた紙が貼られていた。

「さあ、早く調べられるが良い」

左近は葛の蓋を開けた。

葛には、僅かな書と書籍、そして一本のかけ軸が入っていた。左近は書に目を通し、書籍を調べた。だが、鹿革に書かれた漢字と、関わりがあると思われる物はなかった。

次に左近は、かけ軸を広げた。

『非理法権天』

かけ軸には、五文字が大きく書かれていた。

「ひ、り、ほう、けん、てん……」

左近は五つの文字を声に出して読んだ。何処かで聞き覚えのある言葉だった。

「なるほど、非理法権天か……」

「高田殿、これが何か御存知なのですか」

「ウム。非理法権天なる言葉、楠木流軍学の開祖、楠木正成公の旗印と聞き及んでいます」

「楠木正成の旗印……」

「左様、左近殿、例の写しを……」

高田は左近の出した鹿革の写しと、かけ軸に書かれた言葉を見比べた。

奇理氷権石	
非縁法人天	

「この二行の文字を交互に読むと、奇縁氷人石。そして、この非理法権天となる……」

「奇縁氷人石、非理法権天……」

「奇縁氷人石が、何のことか分からぬが、非理法権天は楠木正成公の旗印。つまり楠木流軍学の精神を表したものでござろう……」

「では、非理法権天なる言葉の意味を突き止めれば、正雪の軍資金の在り処が分かる……」

楠木流軍学者の由井正雪が、軍資金の隠し場所を開祖楠木正成の旗印に秘めたのは、至極当然の事と言えた。

丑《うし》の下刻、八ツ半――。

最早、駿府に用はない。左近は一刻も早く江戸に戻り、彦兵衛たちに教えてやりたかった。旅の仕度を整えた左近は、高田に世話になった礼を述べた。

「無事に駿府を出られるかな……」

「高田殿……」

「昼間の者が、屋敷を見張っている」

見聞組が大人しく引き下がる筈はなかった。

斬り抜けるしかない……。

「左近殿、ここは儂に任せていただこう……」

高田が老顔を綻《ほころ》ばせ、楽しげに言った。

「高田殿……」

「既に気づいておられる通り、儂はもう、この世に何の未練もない……」

夜着姿の堀田内蔵助は、平伏している高田に不機嫌な一瞥をくれた。

「夜更《よふ》けに何用だ」

「殿、これより我等と遠乗りに御同道、願いたい」

「何だと……」

「さもなければ、奥方様が倅新之助と不義密通の上、逐電致し、箱根山中で新之助を殺害した事実、不本意ながら公《おおやけ》にせねばなりませぬ」

高田は淡々と告げた。

「……志乃が新之助を殺したと申すか」

「左様、事が公になれば、堀田家は断絶……」

「……高田、その方、主の儂を脅すか」

「如何にも……」

高田は頷き、微笑みかけた。

「ぶ、無礼者」

堀田の怒声が飛んだ。だが、高田は動じなかった。

「では殿には、武門の恥辱をさらし、腹をお召しになる覚悟、ございますかな」

「高田……何故だ。何故、その方、儂を脅す。気でも狂ったか」

忠実な家来だった高田の気が狂ったのだ。堀田はそう思った。高田は可笑しかった。長い間、家臣として忠義に励み、用人として仕えてきた自分を、堀田は何も知ってはいなかったのだ。

たとえ心を通わせたとしても、主は主、奉公人は奉公人なのだ。所詮、両者の間に壁はある。虚しいものだ……。

そう思った時、高田は何故か、晴々とした気持ちになった。

「さて、遠乗りに行く気になりましたかな」

「黙れ……」

「ならば、江戸に向かわれた志乃様が、何をしようとしているのか、教えましょう」

「……志乃が江戸で何をすると申すのだ」

「女郎になるそうです」

堀田は愕然とし、言葉を失った。

「直参旗本五百石、駿府勤番組頭の堀田内蔵助様の奥方様は、不義密通の挙げ句、江戸で女郎になり、金で身を売る……」

「もう良い」

馬屋から三頭の馬が引き出された。高田は堀田を馬に乗せた。暗がりから現れた左近が、残った馬に素早く乗った。

「高田、この者は……」

「門を開けい」

高田は堀田の問いを無視し、中間に声高く命じた。門が開けられた。同時に高田が、堀田の馬に鞭《むち》を入れた。堀田の馬が、竿立ちになって嘶《いなな》き、開かれた門に向かって猛然と走り出した。

続いて高田と左近の馬が続いた。門前に潜んでいた見聞組の河合たちが、馬蹄の響きに驚き、うろたえた。

「退け、退け。駿府勤番組頭堀田内蔵助、行く手を遮る者は容赦致さぬ」

高田の厳しい叱咤が飛んだ。

河合たちが慌てて道を開けた。堀田、高田、左近の乗った三頭の馬が、猛然と駆け抜けた。

我に返った河合たちが、慌てて追跡した。城下の要所には、町奉行所の役人たちが篝火を焚いて警戒していた。

「駿府勤番組頭堀田内蔵助である。道を開けい」

左近たちを乗せた三頭の馬は、驚く役人たちを蹴散らすように次々と検問所を突破した。

河合たち見聞組の者は必死に追った。だが相手は馬だ。追いつく筈もなく、引き離されるばかりだった。左近たちを乗せた馬は、東海道に出て闇の彼方に消え去った。

報せを受けた神尾将監は、すぐさま馬を用意させ、三枝と河合を従えて左近を追跡した。

東の空が明るくなった。神尾たちは国吉田を過ぎた辺りで、馬に乗ってやってきた武士と出逢った。河合が神尾に馬上の武士が、堀田内蔵助だと囁いた。

堀田は脅えた眼差しで神尾たちを一瞥し、馬を急がせて擦れ違った。

神尾の刀が、稲妻のように閃いた。擦れ違った馬から、堀田が声も立てずに崩れ落ちた。

神尾たちは、何事もなかったかの如く通り過ぎて行き、堀田の馬も駿府に戻っていった。

街道に残された堀田は、脅えた目を見開いたまま死んでいた。撥ね斬られた首筋から血を流して……。

左近と高田は、江尻《えじり》の宿を過ぎたところで別れることにした。左近は高田に心の底から礼を述べた。

「左近殿、礼を言うのは、この高田新兵衛の方です。ではな……」

高田は先祖と亡き妻の位牌だけを抱き、老顔を晴々と輝かせて、清水湊《しみず》への道を遠ざかっていった。

高田新兵衛とは、もう二度と逢う事もあるまい……。

左近は高田の背筋を伸ばした後ろ姿に頭を下げ、江戸に向かって馬を疾駆《しっく》させた。

第四章　非理法権天

一

恵比寿講も終わり、両国回向院《えこういん》では相撲興行が開催され、江戸は晩秋の色に包まれていた。

鉄砲洲の波除稲荷の境内の木々も、海からの冷たい風にすっかり葉を落としていた。

「非理法権天……楠木正成の旗印ですか」

大昔の人物の出現に彦兵衛は呆れた。

「ええ。楠木流軍学者の由井正雪にとっては、この世で最も大切な言葉でしょう」

「誰ですか、楠木正成って……」

「あら、知らないの房吉さん。講釈の桜井の別れに出てくる人じゃない」

「桜井の別れって、負けるのを覚悟で戦に行く時、桜井の里で、親父が子供を諭して故郷に帰したってやつですかい」

「ええ、その子供を帰した親父が、楠木正成ってお侍なのよ」

「ヘエーッ、そうなんだ……で、ひりほうけんてん、ってどう言う意味なんですかい」

「房吉さん、それはこれからです。それより彦兵衛殿、残る文字なのですが……」

左近は鹿革の写しを広げ、『非、理、法、権、天』の五文字を消した。

奇氷石
縁人

残った文字は、『奇、氷、石。縁、人』となった。

「奇氷石、縁人……」

房吉が読み下した。

「いや、違う……」

彦兵衛が唖然とした面持《おももち》で否定した。

「こいつは、奇縁氷人石と読むんだ」

「きえんひょうじんせき……」

「ええ、非理法権天の読み方と正反対に読むと、そうなります。おそらく奇縁氷人石が正しいと思います」

「奇縁氷人石ですかい……」

「どういう意味か分かりますか」

「叔父さん、奇縁氷人石って、まさか……」

「知っているのですか、おりんさん」

「ええ、湯島の天神様の境内にあるのよ」

「湯島の天神……」

「ありましたっけ、そんな物……」

「あるわよ。男と女の縁を求める人や迷子探し、他にいろんな願い事を書いた紙を片側に貼るのよ。そして、心当たりのある人が、返事を書いて反対側に貼る。

それで、仲立ちをする石、つまり氷人石で、奇縁氷人石ってわけよ……」

「ヘエーッ、良くご存知ですね。おりんさん」

「それはな、房吉。おりんは亡くなった若旦那と祝言をあげる前、湯島の天神様で良く逢引《あいびき》をしていたからだよ」

苦笑しながら説明する彦兵衛を、おりんが慌てて止めた。

「止めてよ、叔父さん」

「なるほど、良く分かりましたよ、おりんさん」

房吉がからかった。

「もう……」

「そうですか、奇縁氷人石、湯島天神と申すところにあるのですか……」

「ええ、湯島天神といえば、由井正雪の軍学塾張孔堂があった神田連雀町と、神田川に架かる昌平橋を渡って遠くはありません」

「じゃあ旦那、由井正雪の軍資金は、湯島の天神様にあるってんですか」

「おそらくな……」

「おりんさん、構わなければ、明日、湯島天神に連れて行ってくれませんか」

「えッ、そりゃあ構わないけど、わたしもいろいろ用があるから……」

勿体《もったい》をつけながら髪を直した。

「そうですか、無理なら……」

「あっ、大丈夫よ。何とかする……」

おりんが慌てた。彦兵衛と房吉が苦笑した。左近が生真面目な顔で礼を言った。


潮騒が夜の静寂に響いていた。

波除稲荷裏の巴屋の寮は、彦兵衛と房吉も帰り、寝静まっていた。

左近は暗い天井を見上げていた。公事宿巴屋の出入物吟味人としての仕事は、僅かずつだが進んでいた。だが、失った記憶は、何も取り戻していなかった。

陽炎、行商人の姿をした忍び……。

自分の過去を知っている者はいる。陽炎は記憶を失う前の自分の命を狙うほど、恨み憎んでいる。行商人は自分の顔を見て、異常に驚いた。

そして、失った記憶の囁きと、身体に染み込んでいる動きは、自分の正体を朧《おぼろ》げに告げていた。

俺は記憶を喪失する以前も闘っていた……。

その最後の闘いで、記憶を失ったのに違いなかった。それは、彦兵衛に助けられた時、後頭部にあった傷が、証明してくれていた。

左近は結論の出ない考えを続ける内に、駿府への旅の途中に見た夢を思い出した。

自分が自分を斬り棄てた夢……。

その夢に、自分の正体が隠されている。左近はそう思った。

奥の部屋の襖が、微かに鳴った。左近は静かに起き上がり、気配を窺った。奥の部屋には、お絹と付添いのおりんが寝ていた。

廊下を忍び歩く足音は、やがて表の格子戸を開ける音に続いた。左近は布団を出た。

波除稲荷の境内は、秋風に吹かれていた。境内に佇んだお絹は、ひっそりと夜の海を眺めていた。

佃島の明かりと、停泊している千石船の灯が、波の間で揺れている。静かで穏やかな光景だった。

お絹の状態は、左近が駿府に行く前と大して違いはなかった。だが今、夜の海を眺めるお絹の顔は、月光を受けて仄《ほの》かな輝きを放っていた。忌まわしい記憶から、漸《ようや》く立ち直り始めたのだ。

お絹は、もうすぐ元のお絹に戻る……。

左近は、佇むお絹を、黙って見守った。お絹が夜の海を眺めるのに飽き、巴屋の寮に戻るまで……。

あくる日、左近とおりんは、迎えに来た彦兵衛馴染みの船宿『嶋《しま》や』の船頭平助が漕ぐ屋根船にお絹を連れて乗った。

平助の操る屋根船は、亀島川を隅田川方向に進み、交差する日本橋川を横切って三ツ股に出た。そして、新大橋の手前左の掘割を北西に向かい、幾つもの橋を潜って公事宿巴屋のある馬喰町の船着き場に着いた。

それから左近とおりんは、お絹を巴屋に預け、湯島天神に向かった。

おりんは、左近を連れて掘割沿いに鍛冶町《かじちょう》一丁目に出て、須田町《すだちょう》を抜けて神田川に架かる昌平橋を渡った。

「おりんさん、神田川沿いに来た方が、近かったのではないか……」

「なに言ってんです。神田川沿いには、両国の徳右衛門の息のかかった奴が、一杯いるの。だから遠廻りでも、今来た道が安全なのよ」

「そうですか」

「そうよ……」

おりんが遠廻りをしたのは、確かに徳右衛門への警戒があったが、他にも理由があった。二人は昌平橋を渡り、湯島聖堂や神田明神を左手に見ながら明神下を真っ直ぐ進み、内藤豊後守《ないとうぶんごのかみ》の屋敷の角を左に折れ、長い坂道を登った。

「左近さん、この坂、なんて名か知っている」

おりんが楽しげに尋ねてきた。

「いいや……」

「いい名前なのよ、なんだと思う」

「さあ……」

「教えてあげる。妻恋坂《つまこい》って言うの……」

「妻恋坂……」

「そう、いい名前よねぇ」

「どのような、謂《い》われがあるのですか」

「さあ、良く分からないけど、きっとその先に妻恋神社があるからでしょう」

「なるほど妻恋神社に妻恋坂ですか……」

左近は妙に感心した。

張り合いがないったらありゃあしない……。

おりんは足を早めた。

妻恋坂の上に妻恋神社があった。妻恋神社は日本武尊《やまとたけるのみこと》が三浦《みうら》半島から房総《ぼうそう》に渡る時、暴風雨に遇い、弟橘媛《おとたちばなひめ》が身を投げて鎮《しず》めたのを偲《しの》んだ地であるところから出来た神社だ。

おりんはそこを右に曲がった。湯島天神の鳥居が見えた。

湯島天神は本郷台地にあり、菅原道真《すがわらのみちざね》を祭神とした天満宮だ。

広大な敷地内には、林や森があり、境内には名高い梅林や料理茶屋などもあった。その中には、稀《まれ》に見る美人だが、生まれながら言葉の不自由なお琴《こと》という娘が評判のお琴茶屋もある。

崖になっている東側には、急な男坂と緩やかな女坂があり、そこから不忍池《しのばずいけ》や上野《うえの》の山が眺望できた。

左近とおりんは、参拝客で賑わっている露店や茶店が並ぶ参道を通り、本殿の前に進んだ。その時、甘酒売りの男が、左近の顔を見て慌てて眼を逸《そ》らした。

奇縁氷人石は、本殿の左側手前にあった。四尺ほどの石碑は、男坂を向いて立っていた。正面に『奇縁氷人石』右側に『たつぬるかた』左側に『をしふるかた』と彫られていた。

左近は奇縁氷人石の前に立ち、境内を見廻した。この広い境内の何処かに、謀叛人由井正雪の軍資金が隠されているのだ。

具体的な場所は、楠木正成の旗印の『非理法権天』に秘められている。だが、境内の中に『非理法権天』に関わる物は、見当たらなかった。

「やっぱり、非理法権天の意味を解かなきゃあ、分からないのよね……」

おりんの言う通りだった。左近はおりんを促し、女坂を降りて湯島天神を後にした。甘酒売りの男が、脅えたような眼差しで左近を見送った。


甘酒売りの男が、両国の萬屋に駆け込んだのは、半刻《はんとき》(一時間)後だった。

「伝八《でんぱち》、左近の野郎に間違いないのか」

伝八と呼ばれた甘酒売りの男が頷いた。

「へい、巴屋のおりんと、湯島の天神様に現れやがったんで……」

「何をしていた」

「それが、境内を巡ったり、見廻したり……」

「それだけか」

「へい。で、おりんと一緒に女坂を降りていきました……」

「何処に行った」

「それが……後をつけても、見つかりそうな気がして、すいません」

「馬鹿野郎」

徳右衛門の怒声が、店先まで響いた。


房吉は町駕籠を追った。町駕籠には徳右衛門が乗っていた。

徳右衛門が漸く動いた……。

房吉は古着屋の屋根裏部屋から降り、逸《はや》る気持ちを押さえて慎重に尾行した。

徳右衛門の乗った町駕籠は、両国橋を渡って向島に急いでいた。

中野碩翁の下屋敷か、秋葉権現隣の料理屋『大七』に行き、神尾将監と逢うのだ。

出来たら『大七』に行ってほしい……。

『大七』の方が、碩翁屋敷より容易に潜り込める。房吉は何としてでも、二人の話を盗み聞きたかった。だが、徳右衛門の乗った町駕籠は、房吉の願いも虚しく、料理屋『大七』を通り過ぎた。

行き先は碩翁屋敷……。

房吉は舌打ちをした。


神尾が鋭く徳右衛門を見据えた。

「……左近が湯島天神にな」

「はい、公事宿巴屋のおりんと申す女と……間違いございません」

「湯島天神とは……」

駿府から帰った左近が、一番先に訪れた所は湯島天神だった。意外な行動に思えた。何をしに行ったのだ……。

おそらく、駿府で摑んだ筈の手掛かりと、関わりがあるのだ……。神尾は左近の行動の真意を読み取ろうとした。徳右衛門は神尾の言葉を待った。

「神尾……」

障子が開き、中野碩翁が入ってきた。神尾は慌てて下座に退がった。徳右衛門は狼狽しながら次の間に退がり、額を畳に擦りつけた。碩翁は徳右衛門など見えぬかのように、上座にゆったりと座った。

「御前……」

「神尾、正雪の軍資金、どうやら湯島天神にあるようだ……」

神尾は驚いた。

徳右衛門が、思わず顔をあげて碩翁を見た。碩翁が一瞥した。徳右衛門は慌てて平伏した。

「湯島天神に……」

「左様……」

碩翁は懐から鹿革を出して広げた。

「奇、理、氷、権、石。非、縁、法、人、天……神道方の者が、この中から『奇縁氷人石』と申す言葉を見つけた」

「奇縁氷人石、にございますか」

「こう読めば良い……」

碩翁は二行に書かれた十の文字を、交互に指し示した。神尾は碩翁の指先を追い、示された文字を読んだ。

「奇、縁、氷、人、石……」

「神道方によれば、奇縁氷人石なる物、縁結びの石碑だそうでな。湯島天神の境内にあるそうだ。そうだな徳右衛門……」

「お、仰せの通りにござりまする……」

徳右衛門が平伏したまま、掠《かす》れた声を出した。

「御前、奇縁氷人石とは、湯島天神のことにございますか」

「そういうことだ……」

左近が湯島天神を訪れた訳が漸く分かった。

「で、湯島天神の何処に……」

「残る文字を同様に読むと、非、理、法、権、天……」

「非理法権天……」

「左様、湯島天神の非理法権天……正雪の軍資金はそこにあるのだろう。だが……」

神尾は緊張して碩翁の次の言葉を待った。

「非理法権天……未だに何か分からぬ」

碩翁は微かな苛立ちを浮かべた。

非理法権天、どう言う意味なのだ。左近は既に分かっているのか……。

「神尾……」

「はッ……」

「見聞組の佐々木兵馬、日暮左近なる者に斬られたそうだな……」

「申し訳ございませぬ」

「それほどの使い手なのか……」

「御意……」

「その方、勝てるか……」

思わず神尾は、返事を躊躇《ためら》った。

「五分と五分、闘ってみねば、分からぬか」

碩翁は神尾の躊躇いを見抜いた。相変わらず、恐ろしい程、鋭い老人だ……。

「……時の運と心得ます」

「楽しみよな……」

碩翁は座を立ちながら、動物を観察するような眼差しで神尾を見た。皺に刻まれた頬が僅かに引き攣《つ》った。碩翁特有の冷笑だった。神尾は出ていく碩翁を平伏して見送った。

房吉は苛々しながら待った。流石《さすが》は碩翁屋敷だ。忍び込む隙は、毛筋ほどもなかった。家来たちが大勢で見張っている訳ではない。むしろ家来たちの姿はあまりなく、静かな屋敷だ。

だが房吉は、誰かが何処かから見ているような気になって、仕方がなかった。

房吉は忍び込むのを諦め、物陰に潜んで徳右衛門の出てくるのを待った。

房吉の予感は正しかった。屋敷内の要所には、見聞組の者たちが身を隠し、碩翁の命を狙う者の侵入に備えていた。房吉が忍び込めば、ひとたまりもなく斬り棄てられたのは確かだ。

房吉は待ち続けた。やがて、船着き場の柵があがり、屋形船が現れた。乗っているのは、神尾と徳右衛門だった。房吉は岸辺伝いに屋形船を追った。

このまま行けば、源兵衛《げんべえ》橋を潜って隅田川に出る筈だ。肝心なのは、それから何処に行くのかだ。

隅田川に出られれば、追いきれない……。

房吉は走った。源兵衛橋の船着き場で、追跡用の猪牙舟を雇うため、懸命に先廻りをした。

神尾と徳右衛門の乗った屋根船は、源兵衛橋から隅田川に出て、両国橋に向かった。

「神尾様、御前様の仰せの通り、正雪の軍資金が湯島天神にあるなら、境内を掘り返してみましょうか」

「愚かなことを申すな、徳右衛門。湯島天神は寺社奉行の支配、広大な社領は連雀町軍学塾とは違う……」

屋形船は両国橋で徳右衛門を降ろし、神田川を遡《さかのぼ》っていく。

神尾は何処に行く気だ……。

猪牙舟に乗った房吉は、船底に身を低くして屋形船を追った。屋形船は昌平橋を過ぎ、お茶の水の懸け樋の下を潜り、水道橋の船着き場に着いた。屋形船から神尾が降り、神田駿河台の旗本屋敷街に入っていった。

武家屋敷の多い駿河台は、町場と違って夜になれば、人通りも少なく、辻番も煩《うるさ》い。房吉は神尾の後を追わず、一方に走った。神尾は中野碩翁の上屋敷に向かっていた。

後を尾行して来る者はいない……。

これからは、湯島天神に近い駿河台の上屋敷で、見聞組の指揮を取るのだ。神尾は中野家の上屋敷に入った。その姿を、房吉が物陰から見ていた。

読み通りだ……。

先廻りをした房吉は、神尾の行き先を見届けて踵《きびす》を返した。

上屋敷に入った神尾は、先着していた見聞組の三枝市之丞を呼んだ。

「お呼びにございますか……」

「湯島天神の境内にある茶店を一軒、手に入れろ……」

「茶店でございますか」

「そこに、おしんを入れる……」

神尾は短く命令した。

二

碩翁たちも正雪の軍資金が、湯島天神に隠されていると気づいた。

左近と彦兵衛は、神尾が駿河台の上屋敷に移ったと聞き、そう断定した。

「流石は妖怪、油断も隙もありませんな……」

彦兵衛が面白そうに言い放った。

「彦兵衛殿、気になるのは、碩翁たちが残る五文字、『非理法権天』を解いたかどうかです」

「そいつは、まだでしょう」

「旦那、何故ですかい……」

「房吉、碩翁のことだ。もし『非理法権天』の謎を解いて、隠し場所が分かったなら、さっさと寺社奉行に脅しをかけて、湯島天神を封鎖し、好き勝手な真似をしているよ」

「なるほど……じゃあ旦那、こっちも明日から湯島天神を見張りますか」

「房吉さん、神尾も同じことを考えている筈です。くれぐれも気をつけて下さい」

「言われるまでもなく……」

「何《いず》れにしろ、舞台は湯島天神に移った。一刻も早く『非理法権天』の謎、解くしかありますまい……」

左近は頷いた。

夜風は昨夜より冷たくなっていた。

巴屋を出た左近は、小網町を抜けて亀島川沿いに波除稲荷裏の寮に帰ろうとした。その時、左近は冷たい夜風の中に微かに人の気配を感じた。

何者かが見ている……。

左近は道を変えた。伝馬町牢屋敷裏の土手下の道は、人通りもなく静かだった。人の気配は、背後の闇に静かに迫ってくる。

陽炎……。

左近は振り返った。闇の中から強い殺気が放たれた。畳針のような手裏剣が、一瞬きらりと輝き、左近に次々と飛来した。

咄嗟に左近は、刀を抜いて手裏剣を叩き落とし、闇に向かって跳んだ。

闇の中に潜んでいた陽炎が、着地した左近に鋭く斬りつけてきた。左近は陽炎の刀を撥ね上げた。同時に陽炎は、宙に舞って左近に斬りかかった。左近は辛うじて陽炎の攻撃を躱した。

陽炎は素早く飛び交い、鋭い攻撃を繰り返した。左近は素早く土手の上に駆けあがり、無明刀を真っ直ぐ頭上に立てて構えた。

陽炎が土手の上に跳べば、刀が電光の如く斬り降ろされる。陽炎の動きが止まった。

「……何故、俺の命を狙う」

「己に聞け……」

「陽炎、俺は昔のことを何も覚えていないのだ」

左近は陽炎と呼んだ。

「覚えていないだと……惚《とぼ》けるな」

陽炎は怒りに声を震わせた。

「本当だ、昔の記憶を失ったのだ。信じてくれ。陽炎」

「黙れ」

「俺は誰だ。何者なのだ」

陽炎が苦無《くない》を投げた。左近が無明刀で打ち払った。構えが崩れた。陽炎が地を蹴った。

「頼む、教えてくれ」

左近が叫んだ。だが、陽炎が左近に向かって大きく飛び、上段から斬りつけた。左近も無明刀を斬り降ろそうとした。その刹那、左近に躊躇《ちゆうちよ》が浮かんだ。斬れば、自分の正体が分からなくなる……。

咄嗟に左近は、身を投げ出して無明刀を横薙に斬りあげた。陽炎が左近の背後の闇に飛び抜けた。

「陽炎……」

左近は陽炎の飛んだ闇に走った。だが、闇の中には、既に陽炎の気配も殺気もなく、滴り落ちた血が残されているだけだった。陽炎は手傷を負って逃げ去った。

左近は気がついた。陽炎は陽炎と呼ばれても、否定をしなかった。俺が勝手につけた名を呼んでも……。

陽炎の名は、本当に陽炎なのか……。

そうだとしたら、左近は無意識の内に陽炎を思い出していたのだ。

「陽炎……」

茫然と呟いた左近の頰から、血がゆっくりと顎に流れて滴り落ちた。

陽炎は左脚を引きずって走った。左近に斬られた太股から、血が流れていた。

何が昔の記憶を失っただ。私を陽炎と知っている癖に……。

だが、陽炎の怒りと悔しさは、太股の傷の痛みを忘れさせてはくれなかった。

家並の暗がりを必死に駆け抜け、神田川に出た時、左脚に激痛が走った。陽炎は脚をもつれさせて倒れ込んだ。

とにかく、久蔵《きゅうぞう》の待つ船着き場に行かなくては……。

陽炎は必死に立ち上がり、船着き場に向かった。やがて、船着き場に佇んでいる久蔵の姿が見えた。途端に気が緩んだのか、陽炎は倒れた。気づいた久蔵が、驚いて駆け寄ってきた。

久蔵は左近が駿府に向かった時、大磯の松並木で出逢った行商人だった。陽炎は左脚を投げ出していた。血はまだ流れ続けていた。久蔵は陽炎の忍び装束を、大きく引き裂いた。血に赤く染まった太股が、剝き出しにされた。

「陽炎、これを嚙め……」

久蔵が固く巻いた布を差し出した。陽炎は固く巻いた布を嚙み締めた。久蔵は竹筒に入れた焼酎で、陽炎の太股の傷を洗い、用意した針を焼き、慣れた手付きで縫い始めた。陽炎は脂汗を浮かべ、固く巻かれた布を嚙み締めて激痛に耐えた。

陽炎と久蔵を乗せた猪牙舟は、ゆっくりと両国橋に流されていく。秋風が吹き抜け、川面にさざ波が走った。

湯島天神は参拝客で賑わっていた。中でも『白梅《しらうめ》』という古い茶店が、いつもと違う賑わいを見せていた。

いつもなら老夫婦だけの静かな店に、若い女が明るい声を響かせ、愛想良く客を迎えていたのだ。

肩から籠をかけた雪駄《せった》直しの男が、笠を取りながら白梅の店先の縁台に腰かけた。

「いらっしゃいませ……」

明るく迎えた茶店の女は、おしんだった。

「茶を貰おうか……」

笠を取った雪駄直しは、手拭いの頬被りを外して埃を払った。房吉だった。

「お客さん、甘酒、如何ですか」

「へぇーっ、甘酒もやっているのかい」

「はい、今日から始めたんです」

「じゃあ、貰おうか……」

「お父ッつあん、甘酒、一つ……」

おしんは奥にいる老爺に声をかけた。

「おっ、代替わりしたのかい」

「ええ、おじさんとおばさん、草臥《くたび》れたからって……うちのお父ッつあんが、譲り受けたのです。これからも御贔屓《ひいき》に……」

明るく可愛い笑顔だった。

「ああ、いいとも。いつもこの界隈を廻っているから、寄らせて貰うよ。ところで何処から来たんだい」

「下総《しもうさ》の松戸《まつど》からです」

「ふーん、松戸かい。デイデイ……」

「あら、うちに雪駄なんてないわ。お父ッつあん草履《ぞうり》で私は下駄《げた》……」

「おしん、甘酒だ……」

店の奥にいる父親が呼んだ。おしんは甘酒を取りにいった。房吉の笑っていた眼が、鋭く変わった。

そいつを知っている松戸から来た女、油断はならない……。

〝デイデイ〟とは、江戸の雪駄直しの売り声で、手を入れよと言う意味だ。

「おまちどおさま……」

おしんが甘酒を持ってきた。

「へぇーっ、おしんちゃんって名前なのかい」

房吉が笑顔を作り、甘酒を受け取った。


陽炎……。

左近は声に出して呟いた。

伝馬町の牢屋敷裏の土手から、陽炎の滴らせた血を辿ってここまで来た。だが、血は船着き場で消えていた。おそらく舟に乗ったのだ。左近は船着き場に佇んでいた。

陽炎は命を狙われる理由を、自分に聞けと言った。だが、左近は何も思い出せないでいた。苛立ちが募った。

神田川を挟んだ河岸に、笠を目深に被った着流し姿の浪人が現れた。

左近は素早く身を隠した。着流し姿の浪人の身のこなしが、何処かで見た覚えがあったからだ。浪人は笠を取り、疲れ果てたように腰を降ろした。頬に真新しい十文字の刀傷があった。渥美千之助だった。

左近は浪人が誰か思い出した。名は知らぬが、浪人は左近を追ってきた雲水の一人で、六郷川で左近を見張っていた神尾の配下だ。

もう一人の雲水、佐々木兵馬は由井の宿での闘いで、左近に斬り棄てられた。闘いの時、あの浪人はいなかった。ひょっとしたら神尾にそれを咎められ、中野家を追放され、浪人したのかも知れない……。

浪人は川風に吹かれ、誰かを待っていた。頬に十文字の傷痕のある顔には、緊張感も闘争心も見当たらない。窺えるのは、気だるい疲れと怠惰な暮らし振りだけだった。

由井の宿場で、神尾に頬を十文字に斬られた渥美は、見聞組に戻れなかった。斬り合っての刀傷なら、武士として恥ずかしくはない。だが、十文字の刀傷は、玩《あそ》ばれた証拠であり、罪を犯した咎人《とがにん》に与えられる入れ墨と同じだ。

最早、武士として生きてはいけない……。

渥美千之助は誇りを棄てた。

日が暮れ始め、秋風が吹き抜けた。

浪人は誰かを待ち続けた。男と女の嬌声が聞こえた。浪人が溜め息混じりに立ちあがった。

派手な着物を着た商売女が、近くの旗本屋敷の渡り中間たちに絡みつかれながらやってきた。おそらく中間部屋で、何人もの中間相手に身体を売ってきたのだ。

渡り中間たちは、帰る商売女に絡みつき、執拗にからかっていた。

浪人が進み出て商売女を背に庇い、刀の鯉口《こいぐち》を切りながら渡り中間たちに対峙した。中間たちが慌てて後退し、商売女と浪人に嘲《あざけ》りと罵りを浴びせて戻っていった。

商売女は歩き出した。浪人が黙って続いた。

左近は茫然と見ていた。商売女は志乃だった。

箱根の山中で左近を助けた、駿府勤番組頭、堀田内蔵助の妻志乃なのだ。

志乃と浪人は、秋風に吹かれて川沿いの道を帰っていく。先を行く志乃が、振り返って浪人を待った。浪人が並んだ。志乃が疲れたように肩を寄せた。

志乃と浪人が、何処で出逢ったかは分からない。出逢って良かったのかどうかも分からない。だが、志乃と浪人は、肩を寄せ合って塒《ねぐら》に帰っていく。

疲れ果てた心と身体を支え合って……。

左近は言葉もなく見送った。

三

湯島天神境内の茶店『白梅』は、神尾の設けた監視所なのかも知れない。いや、おそらくそうなのだ。彦兵衛と房吉は、そう結論づけた。

「流石は妖怪の懐刀、やることが素早いな」

「はい、これで迂闊《うかつ》に天神様のお参りも出来ません。面倒なことになりました……」

「なあに、お前がすぐ見抜いただけ、こっちが有利だ。だが、心配なのは左近さんだ」

「ええ、駿府で神尾たちと相当派手にやり合い、煮え湯を飲ませたらしいですからね……」

「神尾将監にしてみりゃあ、由井正雪の軍資金より、左近さんを斬る方が大事なのかもしれないな」

「侍の意地と誇りってやつですかい……」

「ああ、とにかく左近さんは、暫く湯島天神には近づかない方がいいだろう」

「分かりました。今夜の内にあっしが報せておきましょう」

「うむ。房吉、神尾の配下が、何処で眼を光らせているか分からない。くれぐれも気をつけるんだ……」

「心得ております」

左近が暮らす鉄砲洲波除稲荷裏の寮は、神尾や徳右衛門にまだ知られていなかった。知った時、神尾は左近を襲撃するだろう。

寮にはおりんとお絹もいる。足手まといになるどころか捕らえられて、左近を窮地に陥れるかもしれない。彦兵衛は恐れた。

「旦那……」

「うん……」

「おりんさんとお絹さん、波除稲荷から移した方がいいんじゃありませんか」

房吉も同じことを考えていた。

「いや、移って貰うのは、左近さんだ」

「左近さん……」

「ああ、左近さんを波除稲荷裏から移す。それが一番いい」

彦兵衛は波除稲荷裏の寮が、神尾に知られる前に左近を移す決心をした。

「で、何処に移すんですか……」

「心当たりがある。ま、任せておきな」

彦兵衛は不敵に笑った。

巴屋を出た房吉は、小網町にある長屋の自宅に向かった。誰が何処から尾行してくるのか分からない。

やられたら、やり返せ……。

自分も同じことをしている限り、尾行されても何の不思議はない。房吉はそう覚悟を決めて生きていた。

芝居でも見せてやるか……。

房吉は、何処にいるか分からない尾行者を意識して、振り返り、立ち止まり、遠廻りをしながら小網町の古長屋に戻った。

小網町の古長屋は、日本橋川の鎧の渡しの傍にあった。房吉は長屋の自宅に入った。最低限度の生活道具があるだけの、殺風景な部屋だった。

房吉は入るなり、万年布団の下の畳を上げて床下に潜り込んだ。そして、床下を這って進み、一番端の家の裏に抜け出し、隣の傘屋との間の狭い空間から木戸口を窺った。

木戸口に見知らぬ浪人が佇み、房吉の家を見つめていた。

やはり、尾行《つけ》ていやがった……。

房吉に気づかれず、尾行してきた腕は相当なものだ。神尾の配下に間違いない。

俺を泳がせて、左近さんの住処を突き止めようってのなら、そうはいかねぇぜ……。

房吉は鼻先でせせら笑い、長屋の隣の傘屋の縁の下に潜り込み、数軒先の露地に現れた。

長屋からは、楽しげに遊んでいる子供たちの歓声が聞こえていた。浪人に気づいた様子はない。

房吉は鎧の渡し場に急いだ。日本橋川を渡った房吉は、南茅場町を抜けて亀島川沿いの道に出た。そして、尾行者がいないのを確かめ、鉄砲洲の波除稲荷に走った。

左近は波除稲荷裏の寮を出るのに同意した。神尾に寮を知られる前に出た方が、おりんとお絹が安全なのは確かだ。

陽炎は知っている……。

左近は一抹の不安を感じた。だが、陽炎がおりんとお絹を襲い、人質に取るとは思えなかった。確かな理由はないが、そう思えてならなかった。

陽炎は俺の命だけを狙っている。信じるしかあるまい……。

暮れ六ツの鐘が鳴った。晩秋の暮れ六ツは、既に真っ暗だ。左近と房吉は、おりんに見送られて寮を出て、稲荷橋の下の船着き場に降りた。

船着き場には、平助の操る屋根船が舳先を変えて待っていた。屋根船は左近と房吉を乗せて、暗い亀島川を進み始めた。

海に見える佃島と千石船の灯が、ゆっくり遠ざかっていく。

平助の漕ぐ屋根船が着いた。

「着きましたぜ、房吉さん……」

屋根船は、神田川の筋違《すじかい》御門の傍の船着き場に着けられていた。

「房吉さん、ここは何処です」

「筋違御門ですね。平助さん、うちの旦那の言付けは……」

「連雀町の一言だよ」

「房吉さん、軍学塾、お絹さんの家だ……」

「まさか……」

「いや、徳右衛門はもうお絹さんの家から手を引いているし、湯島天神にも近い。流石に彦兵衛殿だ……」

左近と房吉は、連雀町の正雪の軍学塾だったお絹の家に急いだ。

お絹の家は荒らされたままで、人が住めるような状態ではなかった。

「そいつを一番良く知っているのは、徳右衛門だよ……」

だから、左近が潜み暮らすと思う筈はなく、安全なのだ。それが彦兵衛の読みだった。

「左近さんには申し訳ありませんが、暫く我慢していただきますよ」

「心得ました……」

「それにしても旦那、ここは神尾のいる駿河台の上屋敷と眼と鼻の先ですよ」

「だから、神尾の動きも早く分かるし、何と言っても湯島天神に近い……」

「そりゃあそうですが、余りにも大胆過ぎませんかね」

「房吉さん、住むのはわたしです……」

「左近さん、ところがそうはいかねぇんでしてね。旦那、あっしの家も神尾の配下に眼をつけられました。ここで左近さんと暮らしますよ」

「宜《よろ》しいですか、左近さん……」

「勿論です。それで彦兵衛殿、『非理法権天』はどうなりました」

「それなんですがね、漸く分かりそうですよ。ま、楽しみにしていて下さい」

「そうですか……」

既に彦兵衛は、生活道具と食料を運び込んでいた。左近と房吉は、氷室が暮らしていた奥の六畳間に入った。

「そう言えば、氷室の野郎、左近さんに腕を斬り飛ばされてどうしたんでしょうね」

「さあ……」

「……死んじまったかもしれませんね」

確かに房吉の言う通り、普通の人間なら、死んでもおかしくない。だが、相手は氷室精一郎だ。何処かで生きているかもしれない……。


神尾は白梅の縁台に座り、参拝客が行き交う境内を眺めていた。

湯島天神の境内、そして奇縁氷人石は、見たところ変わった様子はない。おそらく左近たちも、『非理法権天』の謎が解けず、湯島天神以上に分かったことはないのだ。

「お待ちどおさまにございます……」

おしんが茶を持ってきた。神尾は茶を飲みながら語りかけた。

「変わったことはないか……」

「今のところは何も……」

「左近と一緒に動いている巴屋の下代が姿を消した。油断致すな……」

神尾は世間話でもするかのように、微笑みながらおしんに語りかけた。事態は切迫している……。おしんは、神尾の微笑みに秘められた緊張を感じ取った。

「おしんちゃん、甘酒だ……」

「あら、いらっしゃい。お父ッつあん、甘酒一つ……」

おしんは、神尾に会釈をして奥に入っていった。頬被りの上に笠を被った雪駄直しが、修理道具を入れた籠を肩から外して、神尾の隣の縁台に座った。

「旦那、御免なすって……おお、寒い」

神尾は雪駄直し姿の房吉を一瞥した。江戸の雪駄直しは、頬被りの上に笠を被っているのが普通だ。別に顔を隠している訳ではなかった。神尾は房吉に不審を抱かず、茶代を置いて白梅を出た。

「ありがとうございました……」

房吉に甘酒を持ってきたおしんが、店の表に出て男坂を降りていく神尾を見送った。神尾の姿が、男坂を降りて見えなくなった時、鉤の手になった女坂から左近が上がってきた。

おしんは愕然とした。左近はチラリと境内を一瞥し、神尾に続いて男坂を降りていった。

左近が兄上を狙っている……。

おしんは焦った。思わず男坂に駆け寄った。だが、男坂の下には、去っていく神尾がいるだけで、左近はいなかった。

おしんは茫然と立ち尽くした。神尾がおしんの気配に気づき、怪訝《けげん》に振り返った。

「どうした」

神尾が声を出さずに尋ねた。

「今、左近が後を……」

おしんが、やはり声にせずに答えた。神尾は素早く辺りの気配を窺った。だが、左近の気配はなかった。

「分かった。早く店に戻れ」

神尾は無言でおしんに指示し、男坂から遠ざかっていった。おしんは慌てて『白梅』に戻った。

「あの侍、どうかしたのかい」

房吉が怪訝な面持で尋ねた。

「えっ、ええ。ちょっと忘れ物をしてね」

おしんは狼狽を隠し、店に入っていった。

簡単に正体を見せやがって……。

神尾とおしんが兄妹とは知らない房吉は、腹の中で苦笑した。

神尾は明神下の通りを昌平橋に向かった。左近が襲ってくるかも知れない。神尾はおしんの言葉を信じていた。だが、左近の殺気は感じられなかった。

神尾は昌平橋の手前を右に曲がり、神田川沿いに聖堂の横を通った。襲って来るなら、人気のないこの道だ……。神尾は左近を誘った。

決着をつける……。

油断なく進んだ。だが、左近は現れず、殺気すらも感じさせなかった。

何故だ……。

神尾は少なからず混乱した。最初から左近はいなかったのか……。だが、おしんの狼狽は、疑いようもなかった。

おしんが見間違ったのか……。

男坂でおしんを振り返った時、二人の間には誰もいなかった。

おしんが嘘をついた……。

神尾は一瞬、おしんに疑いを抱いた。まさか、おしんが裏切る筈はない……。

神尾はすぐに否定した。そして、様々な思いにかられながら水道橋を渡り、駿河台の武家屋敷街に入った。

左近は懸け樋の陰から、武家屋敷街に消えていく神尾を見送っていた。これで神尾は、攻めるだけではなく、守りにも気をつかう筈だ。

最初から左近に神尾を襲う気はなく、動きを封じるのが狙いだった。茶店の女に姿を見せ、神尾を追って男坂を降り、すぐ横手に身を隠したのだ。そして左近は、茶店『白梅』の女が、駿府の旅籠梅屋の台所にいた女中だと気づき、驚いていた。あの夜、神尾が荒れ寺を急襲したのは、あの女が尾行したからなのだ。左近は漸く知った。

兄上が左近に負ける筈はない。おしんはそう信じている。

だが、左近は氷室や佐々木を倒し、由井の宿場や駿府で激闘を斬り抜けた使い手だ。不吉な報せが、見聞組から届かないかと気になり、境内の監視に集中できなかった。

房吉はおしんの動揺を突き、広い境内を詳しく調べた。神尾の設けた監視所は、茶店の白梅の他にはなく、正雪の軍資金の在り処を突き止めた形跡もなかった。

彦兵衛は飯田町中坂下《いいだまちなかざか》にある小さな下駄屋の二階にいた。

二階の六畳程の部屋は、西日に照らされ、幾つもの本箱の重さに傾いていた。

部屋の主は、禿《はげ》あがった額を黒光りさせ、大きな口をへの字に曲げ、難しい顔で

『非理法権天』の写しをじっと見つめていた。

「如何《いかが》ですか、馬琴《ばきん》さん……」

彦兵衛は部屋の主の馬琴に尋ねた。

曲亭《きよくてい》馬琴、出版したばかりの『椿説弓張月』が、大当たりをとった戯作者だ。

その馬琴が、滝沢倉蔵《たきざわくらぞう》と名乗る渡り徒士《かち》から版元蔦屋《つたや》重三郎《じゆうざぶろう》の番頭になった頃、彦兵衛は面倒を見てやったことがあった。

「非理法権天、楠木正成の旗印……」

「ええ、どのような意味か分かりますか……」

「無論、分かる」

馬琴は仏頂面《ぶつちようづら》で答えた。流石は源 為朝《みなもとのためとも》を主人公にして、常人には思いもつかぬ破天荒な物語を作った馬琴だ。だが、馬琴の顔には、次作の構想思案の時を、彦兵衛の訪問に邪魔された不快感が溢れていた。

「教えていただけますか……」

彦兵衛は下手に出た。

「礼金は幾らだ……」

「……十両で如何でしょう」

「ならば、そのたった十両、そろそろ返していただきましょうか……」

彦兵衛は懐から古い借用証文を出し、馬琴の前に差し出した。馬琴は大きな口を、一段とへの字に曲げた。

「……倉蔵さんも、もう渡り徒士でも蔦屋の番頭でもなく、売れっ子の戯作者曲亭馬琴だ。いつまでも、公事宿の親父風情に借金をしている訳にも参りますまい……」

馬琴は下駄屋の娘お百の婿養子となり、赤ん坊の泣き声に悩まされながら、売れない読本を書いていた惨めな頃を思い出した。そして、仏頂面で苦虫を嚙みつぶした。

「たった……」


彦兵衛が連雀町の家に現れた。

「旦那、こんな夜更けにどうしたんですか」

「房吉、『非理法権天』の意味が、やっと分かったんだよ」

「本当ですか、彦兵衛殿……」

「ええ、こんな夜更けにわざわざ嘘をつきに来ませんよ……」

『非理法権天』の意味が、漸く分かったのだ。左近と房吉の心は逸った。

「旦那、湯島天神の何処にあるんですか」

「落ち着くんだよ、房吉……」

彦兵衛は鹿革の写しを左近と房吉に示した。

「いいですか、『非』は理に勝たず、『理』は法に勝たず、『法』は時の権に勝たず、そして『権』も天には勝てず……」

「何ですか、それ……」

房吉が怪訝な声をあげた。

「つまり、天道は明にして私がない。だから、天道をあざむかず、天道に従って行動すべきだ、と言う戒《いまし》めだそうだ」

「戒めねぇ……尚更、分かりませんよ」

「房吉さん、人は理屈や法、そして権力に従って行動するより、天に恥じぬよう正直に生きるのが、大切だという教えでしょう……」

「左近さんの仰る通り。つまり『天』を重んじるのが、一番なのです」

「ってことは……まさか、由井正雪の軍資金が、『天』にあるってことですか」

「ああ、おそらくな……」

「そんなの、冗談じゃありませんよ」

房吉が頭を抱えた。

「房吉、何万両もの軍資金が、天にある筈はない。きっと『天』という文字がつく場所か、『天』の文字が示すところにあるのだ」

「なんだ、そうですかい……」

「彦兵衛殿、『奇理氷権石、非縁法人天』とは、『奇縁氷人石、非理法権天』であり、正雪の軍資金、『湯島天神の天』にあるということですか……」

「そうなりますが、肝心なのは『天』が、何を示しているかです」

「とにかく、湯島天神で『天』なる物を探すしかありますまい……」

「探すって左近さん、白梅が見張ってんです。あっしだって、そううろうろ出来ませんよ」

「左近さん、房吉の言う通り、白梅をどうにかしなきゃあ、動きが取れませんね……」

「ええ……」

楠木正成の旗印『非理法権天』の謎は、漸く解けた。だが、新たに『天』という文字の謎が残った。

『天』とは、一体何なのか……。

四

向島の碩翁の下屋敷は、夜空に黒々と大屋根を広げていた。

左近は下帯一本になり、掘割の柵を潜って抜け、碩翁屋敷内の船着き場に出た。

屋敷内は静かだった。神尾が見聞組の主だった配下を、駿河台の上屋敷に連れて行き、警固は手薄になっている筈だ。

焦るな……。

失った記憶が囁いた。左近は船着き場の暗がりに上がり、待った。不思議と寒さは感じなかった。

碩翁は、酒を飲みながら側役《そばやく》の村上兵庫《むらかみひようご》の話を聴いていた。

「……それで村上、林 述斎《はやしじゆつさい》が『非理法権天』楠木正成の旗印と申したか……」

碩翁は、細い眼を針のように光らせた。

「御意にございます」

林述斎、当代随一の儒学者で大学頭《だいがくのかみ》だ。

「ふん、由井正雪の次は楠木正成か……亡者共がよう出てくるわ。して、どのような意味があるのだ……」

下屋敷の庭は広大だ。手入れされた植え込みが、綺麗に連なっていた。左近はその陰を進んだ。

巡回の家来たちが、龕灯《がんどう》で辺りを照らしながらやってきた。左近は暗がりに潜んでやりすごした。神尾たち見聞組が、駿河台に行った下屋敷の警備は確かに手薄だった。

碩翁は屋敷の奥にいる。左近は走り、屋敷内に素早く忍び込み、奥へと進んだ。

「曲者《くせもの》……」

現れた二人の家来たちが、左近に驚いて叫ぼうとした。左近の拳が、飛びかかりざまに二人の鳩尾《みぞおち》を深く抉《えぐ》った。二人の家来は気を失って倒れた。左近は二人を空き部屋に放り込み、尚も奥へと進んだ。

屋敷の奥は静まり返っていた。二人の家来が、宿直《とのい》として控えていた。碩翁はその奥の寝所にいるのだ。左近は宿直《とのい》の家来たちを一瞬にして眠らせ、碩翁の寝所に忍び込んだ。

碩翁は眠っていた。左近は静かに碩翁の枕元に立ち、無明刀を抜き払った。碩翁が怪訝に眼を覚ました。顔の真上に下帯一本で立つ左近が、巨大な魔王のように見えた。

そして無明刀が、闇を斬り裂くように青白く閃いた。

次の瞬間、無明刀が突き降ろされた。碩翁の顔が恐怖に歪んだ。瞬《まばた》きすらもできなかった。無明刀が光となって、碩翁の顔の横すれすれに突き立った。

碩翁は逃げようにも動けなかった。

続いて左近は、無明刀を碩翁の顔の反対側に突き立てた。碩翁の顔の左右に何度も何度も……。その度に、碩翁の耳元で無明刀が唸り、両鬢の毛が飛び散った。

無明刀は、鋭い輝きを放ち続けた。碩翁は呆けた状態に陥った。漸く眼を瞑《つむ》ることができた。身体がゆっくりと暗闇の底に沈んでいった。

碩翁の魂は押し潰された。権力者としての威厳、人としての恐怖……何も彼《か》もが、押し潰されていた。

「由井正雪の軍資金から手を引け……」

眼を瞑った碩翁が、涎《よだれ》を垂らして頷いた。家来たちのざわめきが聞こえてきた。屋敷の異変に漸く気がついたのだ。家来たちのざわめきは、次の間で驚愕に変わった。

「御前……御免」

家来の一人が、狼狽した声をあげて襖を開けた。下帯一本の左近が、無明刀を下げて碩翁の枕元に立っていた。

愕然《がくぜん》とした家来たちが、寝所に雪崩《なだれ》込んできた。左近は碩翁の枕元から動かなかった。

「おのれ、曲者」

「御前から離れろ」

左近は不敵な笑みを浮かべた。

「退け」

家来の一人が、怒声をあげて左近に斬りかかった。

無明刀が閃いた。家来の刀を握る手が飛び、碩翁の顔の上に血飛沫が散った。悲鳴をあげた家来が、壁に当たって転がった腕を拾い、狂ったように泣き叫んだ。

家来たちが左近に襲いかかり、碩翁を布団ごと左近から引き離そうとした。だが、無明刀が許さなかった。

布団を引き離そうとした家来の首が落ちた。左近は碩翁の枕元から一歩も動かず、襲いかかる家来たちを斬った。

怒声と悲鳴と血飛沫が、碩翁の頭上で交錯し、舞い上がった。左近は全身に返り血を浴び、阿修羅《あしゆら》の如く闘った。碩翁の顔は、飛び散る家来たちの血に塗れ、斬り飛ばされた腕や脚、そして首に埋もれた。

四半刻《しはんとき》（三〇分）後、左近は船着き場から掘割に潜り、返り血を洗い落としながら去っていった。碩翁は身動き一つできなかった。瞑った眼は、開けたくても開けられず、その身は震えることすらできず、硬直していた。

神尾は愕然とした。下屋敷から急報が届いたのだ。

「三枝、馬引け」

神尾は三枝を従え、向島の下屋敷に馬を疾駆させた。夜明けの冷気が、鋭い風となって馬上の神尾に突き刺さった。

日暮左近……。

神尾は呪文のように呟いていた。

碩翁は呆けた老人のような状態でいた。妖怪と称される中野碩翁ともあろう男が……。神尾は言葉もなかった。

左近の脅迫は凄絶を極めていた。碩翁は修羅場に晒され続け、我を失った状態に陥っていた。神尾は左近の恐ろしさを思い知らされた。

「……神尾」

碩翁は死を間際にした老人のように囁いた。

「はっ……」

「……左近だ。日暮左近が参った」

「我等見聞組がお側にいれば……申し訳ございませぬ」

「……手を引け」

「御前……」

「正雪の軍資金から、手を引け……」

「しかし……」

「神尾殿……」

碩翁の背後に控えていた村上が、厳しく神尾をたしなめた。

「もう、手を引くのだ……」

碩翁は、神尾から眼を逸らせたまま告げた。

「……神尾殿、御前は最早、見聞組に用はないとの仰せにござる」

「村上殿……」

神尾は思わず声をあげた。

「日暮左近なる輩《やから》の傍若無人《ぼうじやくぶじん》な振る舞い。許したのは、何方《どなた》ですかな」

「そ、それは……」

「見聞組、神尾殿でござろう……」

村上は冷たく言い放った。神尾に返す言葉はなかった。

碩翁の手が力なく揺れた。いや、手は揺れたのではなく、神尾に去れと振っていたのだ。神尾は屈辱に塗《まみ》れて平伏した。


湯島天神境内の茶店『白梅』が、店を閉めた。店の親父とその娘の行方は、誰も知らなかった。

駿河台の中野家上屋敷から、神尾と三枝たち見聞組の者たちの姿も消えた。

「流石の妖怪も、左近さんの脅しには参ったようですね」

「そいつはどうかな。房吉、まだまだ油断は禁物だよ……」

「そりゃあそうですが、これで正雪の軍資金探しが、楽になったのは間違いありませんぜ」

「うむ。それで、何か『天』の字に関わる物はあったのかい」

「それが、まだ何も……」

左近は、彦兵衛と房吉の遣り取りを、黙って聞いていた。

『白梅』が店を閉めた日以来、房吉は湯島天神の境内に『天』の字に関わる物を探し続けていた。だが、建物や梅の木に『天』の字と関わる物は何もなかった。

「旦那の方は、如何ですか……」

「それなんだがね、一番古い禰宜《ねぎ》にそれとなく尋ねたのだが、天神様には昔、天窓井戸と呼ばれた古井戸があったそうだ」

「天窓井戸ですか……」

「ウム。水が涸れて埋められたがね……」

「その古井戸、境内の何処にあったのですか」

「それがな、その禰宜も若い頃に聞いた話で良く分からないそうだ。何しろ百六十年も昔の話だ。無理もない……」

「由井正雪は何故、軍資金を隠し、鹿革の謎を残したのでしょう……」

左近が静かに尋ねてきた。彦兵衛と房吉は、虚を衝かれた。

「そりゃあ左近さん、自分たちに代わって謀叛を起こそうとする者のためでしょう」

「でしたら彦兵衛殿、正雪は後に続く者たちがいるのを知っていたことになりますね」

「ええ、きっと……」

「左近さん、だったらどうだってんですか」

「由井正雪、百六十年も過ぎてから探すとは、思っていない……」

「でしょうな……」

「だったら五年、十年……長くて五十年」

「きっと……」

「じゃあ、せいぜい五十年持てばいい『天』の字……まさか、百六十年も過ぎて、消えちまっているかも知れねぇってことですかい」

「ええ……建物は腐り、木は枯れ、石は砕け、地形も変わる」

「冗談じゃありませんよ、左近さん。だったら今までの苦労……お絹さんが受けた仕打ちや、殺し合いは一体何だったんです」

房吉は眼を吊り上げた。

「落ち着くんだ、房吉……」

「でも旦那……」

「房吉、消えてしまったのは『天』の字に関わる物、つまり目印だ。正雪の軍資金じゃあない。そうですね、左近さん」

「彦兵衛殿の仰る通りです」

「何だ、そういうことですかい……脅かさないで下さいよ」

「よし。房吉、百六十年前の湯島天神の切絵図や評判を調べてみよう……」

正雪の軍資金探しは、新たな局面を迎えた。


神尾将監は引き下がった訳ではなかった。最早、由井正雪の軍資金はどうでもいい。日暮左近を斬り棄てて屈辱を晴らす。さもなければ、佐々木兵馬を始め、左近に斬られた者たちに申し訳が立たぬ……。

神尾は左近と闘い、斬ることだけを望んでいた。

左近の行方は、三枝たち見聞組の残党とおしんが追っていた。だが、左近は勿論、房吉の行方すら分からなかった。

巴屋の彦兵衛は、公事宿の仕事に励み、巧妙に立ち廻っている。神尾は空になった盃を手にしたまま、左近への憎しみを募らせていた。

「神尾様……」

了雲が神尾に酒をついだ。碩翁屋敷を出た神尾は、伝通院裏の正蓮寺にいた。

「徳右衛門の親方には、何と伝えますか」

「巴屋に火を放ち、駆けつけてくる左近を迎え討つか……」

「はい。それでご出馬を願いたいと……」

公事宿巴屋に火を放てば、確かに左近は駆けつけてくるだろう。だが、下手をすれば、馬喰町は火の海となり、近くの伝馬町の牢屋敷にも燃え広がるやもしれぬ。風向きによっては、徳右衛門の萬屋がある両国にまで広がるだろう。何れにしろ、大混乱になるのは間違いなかった。混乱は左近にも味方する。

到底、無理だ……。

神尾は酒を飲み干し、空になった盃を了雲に差し出した。

「了雲、徳右衛門に伝えろ。火を放てば、儂が斬り棄てるとな……」

「は、はい……」

酌をする了雲の手が、小刻みに震えた。

徳右衛門は怒声をあげて、湯呑茶碗を了雲に投げつけた。

了雲は辛うじて湯呑茶碗を躱した。

「じゃあ、どうしろってんだ」

「それですが、親方。神尾様は連雀町の家の沽券状を返すか、代金を払えと……」

「なんだと……」

「いえ。拙僧ではなく、神尾様が仰っているのです。沽券状を返すか、金を払って、正雪の軍資金を諦めたと思わせ、油断させて隙を突く……」

「……了雲、神尾様がそう言っているのか」

「はい。親方にそう伝えろと……」

「糞ったれが……」

徳右衛門は分厚い唇を嘗めた。

神尾は巴屋の周囲に網を張った。巴屋や近所の者たちに不審を与えぬよう、行商人に扮した配下を十日ほど通わせ、鋳掛《いかけ》屋に化けた配下には、露地の隅で五日ほど商売をさせた。

行商人や鋳掛屋に扮した配下たちは、近所の者たちと次第に親しく声を交わすようになった。その中には、巴屋の老女中のお春もいた。

潮時が来た。神尾は徳右衛門を巴屋に向かわせた。


彦兵衛は驚きを隠しながら、座敷で待つ徳右衛門の前に座った。

「萬屋さん、連雀町の家の沽券状、返しに来たってのは、本当ですか」

「ああ。今更、嘘はつかない」

徳右衛門は憮然《ぶぜん》とした顔で、連雀町の家の沽券状を彦兵衛に差し出した。

「本物かどうか、手に取って確かめるがいい」

「おっしゃるまでもなく……」

彦兵衛は差し出された沽券状を手に取り、ゆっくりと確かめた。どうやら本物とみて間違いはない……。

「結構です……」

「ふん、これで巴屋と萬屋の間には、恨みつらみも何もない。日暮左近に良く言い聞かせるんだな……」

左近が碩翁に加えた脅しを聞き、恐怖を覚えて手を引くのだ。だが、徳右衛門が赤い舌で、分厚い唇をゆっくりと嘗めた。

違う。腹の中は、煮えくり返っている……。

「ええ、分かりましたよ」

彦兵衛は微笑んだ。

狙いは何だ……。

「じゃあ、これで失礼するよ……」

徳右衛門はさっさと巴屋を後にした。

彦兵衛は見送りもせず、徳右衛門の狙いが何処にあるのか、探り続けた。

表の露地から鋳掛屋の金槌の音が、長閑《のどか》に響いていた。連雀町のお絹の家の沽券状は、戻った。一応、公事訴訟には勝ったと言える。彦兵衛は公事宿の主の役目を果たし、ほっとせずにはいられなかった。

一刻も早く、お絹に報せてやりたかった。傷ついた心も、これで少しは癒される……。彦兵衛はお春を呼び、店の周囲に異常はないか尋ねた。お春によれば、隣近所に張り巡らせた監視網から、不審な報せは何も届いていなかった。彦兵衛は鉄砲洲の波除稲荷裏の寮に行くことにした。

彦兵衛は沽券状を懐に入れ、いつものように裏庭から板塀の隠し戸を抜け、裏の妾稼業の女の家の庭に出た。小女のおかよが、落ち葉を掃き集めていた。

「あッ、旦那さん……」

「おかよ坊、すまないが、いつものように表に、妙な奴がいないか見てきておくれ」

おかよは表に走り、すぐ駆け戻ってきた。

「大丈夫です、旦那さん」

「そうかい、ありがとう……」

彦兵衛はおかよに心づけを渡し、巴屋の前の往来と筋違いの道から出かけていった。その姿に鋳掛屋が気づいた。鋳掛屋は二本の道を繋ぐ露地に筵《むしろ》を敷き、店を開いていたのだ。鋳掛屋は彦兵衛を追った。

お春が巴屋の裏口から、鋳掛屋に茶を持って出てきた。

「あら、鋳掛屋さん、何処に行ったんだい」

お春は暢気《のんき》に辺りを探した。

第五章　鉄砲洲波除稲荷

一

巴屋の裏の家から出た彦兵衛は、万一を考えて同業者の店に立ち寄り、駕籠抜けをした。

だが、鋳掛屋と行商人に扮した神尾の配下は、連携して巧みに尾行を続けた。

そして、行商人に扮した配下が、鉄砲洲波除稲荷裏の公事宿巴屋の寮を突き止めた。

彦兵衛から仔細を聞いたお絹の頰に涙が零《こぼ》れた。死んだ父親が、唯一残してくれた財産、連雀町の家の沽券状を漸く取り戻せたのだ。

「良かったわね、お絹さん……」

おりんが貰い泣きをした。

「はい、彦兵衛さんや皆さんのお陰です」

お絹は彦兵衛や左近たちに感謝した。

彦兵衛は肩の荷を降ろした気分だった。依頼人に喜ばれるのは、公事師冥利《みょうり》に尽きる。

後は正雪の軍資金を見つけ、徳右衛門と神尾の鼻を明かすだけだ。彦兵衛は闘志を新たにした。

「彦兵衛さん、私、沽券状を持って、小田原のおッ母さんのところに帰ろうかと思うのですが」

「小田原に……」

「はい。おッ母さん、ずっと心配しているでしょうし、病も気になりますので……」

「お絹さんは大丈夫なの……」

おりんが優しく尋ねた。

「……はい。もう大丈夫です」

お絹はしっかりと頷いた。

「そうですか、小田原に帰りますか……」

沽券状が戻った限り、今のお絹が江戸にいる理由はなかった。小田原にいる母親の元に帰り、気分を一新するのもいいことだ。

ならば、一刻も早い方がいい……。

彦兵衛はお絹を身一つで連れ出し、八丁堀沿いを京橋に出て、知り合いの旅籠《はたご》で旅の仕度をさせ、明日にでも房吉に送らせる事にした。

神尾は、行商人に化けて彦兵衛を尾行した配下の報告を聞いていた。

「鉄砲洲波除稲荷裏の家か……」

「はっ、それとなく隣近所の者に聞いたのですが、以前は日暮左近らしき男もいましたが、今は女が二人、暮らしているとか……」

「女が二人……」

「神尾様、そいつはきっと、彦兵衛の姪のおりんとお絹ですよ。くそっ、鉄砲洲に隠れていやがったとは……」

徳右衛門が悔しげに酒をあおった。

「彦兵衛の姪……」

神尾の眼が鋭く光った。

「三枝……」

控えていた三枝が、静かに返事をした。

「左近がいつ現れるか分からぬ、見張れ」

「既に……」

行商人に扮した配下が、報せに来た時、三枝は見聞組の者たちを鉄砲洲に走らせていた。

夕刻、鉄砲洲波除稲荷裏の巴屋の寮は、見聞組の者たちの監視下に置かれた。

その時、寮には掃除で残ったおりんがいるだけで、彦兵衛とお絹は既に立ち去っていた。

「房吉、お絹さんを小田原まで無事送りとどけてくるんだ」

房吉は彦兵衛の指示に頷いた。お絹が小田原に帰れば、何となく張り合いがなくなる。だが、今のお絹にとって、一番良いことなのは間違いない。

これから房吉は、京橋の旅籠にいるお絹と落ち合い、旅の仕度を整え、夜が明け次第、出立することにした。

小田原までは二十里二十丁（約八〇キロ）、房吉の足なら一日半もあれば行ける。だが、お絹が一緒なら二日、いや三日はかかると見た方がいい。

「房吉、宜しく頼んだよ」

「お任せを……」

「房吉さん、お絹さんに達者で暮らして下さい、と……」

「心得ました。御免なすって……」

房吉は素早く連雀町の家から出ていった。

「これで、お絹さんの出入訴訟は、一件落着。左近さんも吟味人の働き、ご苦労様でした」

「いいえ、それより彦兵衛殿……」

「何ですか……」

「由井正雪の軍資金、見つけてどうします」

左近が彦兵衛を見つめて尋ねた。

「さあ、軍資金は何万両だと言われています。どうするかなんて、考えもつきませんな。左近さんはどう思います……」

「……由井正雪の軍資金が、あるかも知れぬと言うだけで、何人もの人が死にました。本当にあったなら、もっと死人が出ることは間違いないでしょう」

「じゃあ……」

「軍資金など、ない方がいい……」

「ですが左近さん、せっかく、後一歩というところまで来たのですよ」

「彦兵衛殿、私も軍資金の謎は、解き明かすべきだと思います。そして……」

「そして……」

「……たとえあったとしても、再び隠し、なかった、嘘だったとするのです」

「左近さん……」

「多すぎる黄金は、人を狂わせるものです」

左近は過去を振り返るように呟いた。

「左近さん、身に覚えがあるのですか……」

「えっ……」

「今の口振り、まるで昔、同じことを経験したかのようでしたが……」

左近は彦兵衛の指摘に驚いた。失った記憶が、そう言わせたのなら、左近はその昔、黄金に関わって狂った者を知っているのだ。それ以上に左近自身、莫大な黄金に関わり、記憶を失ったのかも知れない。

また一つ、失った記憶の一端が零《こぼ》れ出た。左近は謎めいた己の正体に、恐ろしさを感じた。

波除稲荷裏の家は、明日から又、誰も住まなくなる。夏の終わりに左近が暮らし始めて以来のことだ。掃除を終えたおりんは、身の回りの物を風呂敷に包み、戸締りをした。

夜は更けたが、おりんは巴屋に帰るつもりでいた。『嶋や』の船頭平助が、屋根船で迎えに来てくれることになっていた。

おりんは静かな部屋に座って待った。潮騒が聞こえている。

この家で、左近さんと二人で暮らせたらいいのに……。

おりんはいつしかそう願っていた。

波除稲荷に神尾がやってきた。見聞組の者たちが、波除稲荷を中心にした一帯に息をひそめていた。三枝とおしんは境内に潜み、巴屋の寮を見張っていた。雨戸が閉められた寮は、僅かな灯りも洩れていなかった。

「日暮左近、現れたか」

「いいえ……」

「では、彦兵衛と女たちがいるだけか」

「それがどうも、おりんと申す女がいるだけかと……」

「……他には、誰もいないのか」

「はい……」

「で、おりんなる女は、何をしている」

「先ほど、覗いたところ、掃除や片付けをしておりました。ひょっとしたら立ち退いて、家を閉めるのかも知れません」

おしんの言葉に三枝が頷いた。

「ならば、左近はここに現れぬと申すか」

「おそらく……」

「おのれ……」

配下の者が、暗がりを駆け寄ってきた。

「屋根船が来ます」

平助の漕ぐ屋根船が、櫓を軋ませながら夜更けの亀島川をやってきた。

左近が乗っているかも知れない……。

神尾たちは物陰に潜み、屋根船が船着き場に着くのを待った。

屋根船は船着き場に着き、平助が身軽に降りて、巴屋の寮に小走りに向かった。

どうやら屋根船は、おりんを迎えに来たのだ。

「屋根船を追い、おりんが何処に行くのか突き止めます」

「三枝様、おりんは巴屋に戻るのではないでしょうか……」

それならば追っても意味はない。可能性は五分と五分。このままでは、いつ左近の居場所を、突き止められるか分からない。神尾は決断した。

おりんは風呂敷包みを抱え、迎えに来た平助と家を出ようとした。だが、平助が開けるより早く、格子戸が開けられた。神尾とおしんが入って来た。

「なんだい、お前さんたち」

おりんが気丈に咎めた。

「日暮左近は何処にいる……」

左近さんの命を狙っている奴らだ……。

おりんは口を噤《つぐ》んだ。

次の瞬間、眼の前が暗くなり、上がり框《かまち》に叩きつけられた。神尾の平手打ちが、頬に飛んだのだ。平助が短い悲鳴をあげた。不思議な事に、おりんは痛みを感じなかった。

「この女、何処に連れて行くんだい」

おしんが平助を睨みつけた。平助が震えあがった。

「へ、へい。馬喰町の巴屋さんでございます」

神尾はおりんの胸元を鷲摑みにし、乱暴に引きずりあげた。

「左近は何処だ……」

「……知りませんよ」

おりんの短い答えが、終わらない内に再び頰が鳴り、眼が眩《くら》んだ。神尾が胸元を摑んでいたため、身体は大きく揺れただけで、倒れることもなかった。だが、今度は頰に激しい痛みを感じた。

「左近は何処だ……」

「本当に知らない……」

おりんは神尾を睨みつけ、唇に滲んだ血の味を確かめた。

神尾が頰を歪めた。次の瞬間、おりんは激しい衝撃を頰に受け、部屋の中に飛ばされ、壁に叩きつけられた。

眼の前が、ゆっくりと暗くなる……。

おりんは、意識が薄れていくのが分かった。

半刻後、巴屋の潜り戸が激しく叩かれた。『嶋や』の平助の叫ぶ声が聞こえた。おりんの身に何かあった。彦兵衛は慌てて潜り戸を開けた。血相を変えた平助が、転がるように土間に入ってきた。

「おりんさんが……おりんさんが大変です」

おりんが神尾に捕えられた。彦兵衛は愕然とした。

おりんを無事に返して欲しければ、明日の夜明け、左近一人で波除稲荷に迎えに来い。それが、神尾の言付けだった。

「冗談じゃないよ。お嬢さんの、おりんさんの命が危ないなんて、冗談じゃないよ」

お春が半狂乱で叫んだ。

「騒ぐんじゃない、お春」

彦兵衛が一喝した。お春は泣き出した。声をあげ、子供のように泣き出した。お春にとって、おりんが子供の時から世話をし続け、嫁ぎ先にもついていったほどだ。うろたえる気持ちは、彦兵衛も同じだった。

「旦那様、お願いです。左近さんに迎えに行って貰って下さい。お願いです

「……」

お春は彦兵衛に泣いて縋った。おりんを助けるには、左近に迎えに行って貰うしかない……。

お春に言われるまでもなく、彦兵衛にも良く分かっていた。だがそれは、左近が神尾たち見聞組の待ち受ける死地に踏み込み、命を懸けて闘うことを意味していた。

左近は公事宿巴屋出入物吟味人として、何人もの敵と激しい闘いを繰り広げてきた。神尾将監は、吟味人であるが故に出来た敵だ。

その神尾が、おりんを人質にして、見聞組の配下と共に待ち構えている。流石《さすが》の左近でも、不利は否めない。左近が気にいっている波除稲荷は、今や危険の満ち溢れた場所だ。そこに行ってくれと頼む……。彦兵衛は躊躇《ためら》った。悩み、躊躇い続けた。

夜明けまで、後一刻半だ。

町は潮騒だけが静かに響き、潮の香りに包まれ、深い眠りに落ちていた。

神尾は三枝たち見聞組の者に思いを馳せた。彼らは、波除稲荷を中心に、南八丁堀や本湊町の暗がりにじっと身を潜めている。

何人の配下を死なせただろう……。

神尾は心の中で手を合わせた。そして、左近を斬り棄て、せめてもの供養にすると誓った。

気絶していたおりんが、眼を覚まして起きようとした。だが、後ろ手に縛られていて、身体を捻るように倒れた。おりんは喘《あえ》いだ。着物の裾が割れ、白い太股が露《あらわ》になった。

神尾の眼が追った。遮るようにおしんが立ち、おりんに猿轡《さるぐつわ》を噛まして、暗い次の間に放り込み、乱暴に襖を閉めた。

「おしん……」

「はい……」

「参れ……」

「神尾様……」

おしんは躊躇った。

「構わぬ……」

神尾はおしんを引き寄せ、膝に抱いた。

「神尾様、今は左近との勝負を……」

「案ずるな。儂は勝つ……」

神尾はおしんを抱き締め、じっと動かなかった。おしんは自分の身体が、心地好く火照っていくのが分かった。

「兄上……」

「おしん、そなたの心根、分かっていた」

「兄上……な、なりませぬ……」

「おしん、儂は生きていた証、そなたに残したいのだ。そなたに……」

「兄上……」

神尾はおしんの口を吸い、固い乳房を優しく揉みほぐした。激情がおしんの身体を鋭く貫き、封印していたものを突き破った。

おしんは泣いた。泣きながら、神尾に必死にしがみついた。快感と背徳感に翻弄されながら……。

海と空が分かれ、夜明けが近づいてきた。三枝たち見聞組の者たちは、亀島川や八丁堀に眼を凝らしていた。

巴屋の寮から現れた神尾が、波除稲荷の境内に佇んだ。おしんとの情交の昂《たかぶ》りと火照りは、既に鎮まっていた。

兄と妹が、外道《げどう》のように貪り合った罪悪感は、不思議になかった。身繕いを終えて出てくる時、おしんは清々しい微笑みを見せてくれた。

「最早、思い残すことはない……」

神尾は左近が現れるのを静かに待った。


おりんは自分の置かれた状況が分かった。左近を誘き出す餌。それが、自分に与えられた役目なのだ。

左近は助けに来てくれるのだろうか……。

助けに来てくれれば嬉しいが、同時に左近の命は危険にさらされる。無論、それは望むものではない。おりんは揺れた。

おりんは気がついた。今、自分のすべきことは、ここから逃げることしかないのだ。おりんは猿轡を外し、手を縛った縄を解こうと、懸命にもがいた。だが、猿轡も縄も外れず、涙だけが零れた。

彦兵衛は連雀町の家に座り込んでいた。夜明けの冷気が、雨戸の隙間から忍び込んでくる。左近が出て行ってから、既に四半刻が過ぎていた。

彦兵衛は手をついて左近に頼んだ。

おりんを助けてやってくれと……。

両手をつき、頭を下げて彦兵衛は頼んだ。左近は立ち上がり、彦兵衛の肩に手を置き、黙って出ていった。掌の温もりを、彦兵衛の肩に残して……。


神尾は待った。夜明けと左近を……。

八丁堀から櫓《ろ》の軋《きし》みが響いてきた。三枝たち見聞組の者たちが、夜明けの薄明かりの奥を一斉に見つめた。一艘の屋根船が、八丁堀に櫓を軋ませて現れた。三枝を始めとした見聞組の者たちが、八丁堀の左右に素早く展開した。

左近が来た……。

神尾は緊張を解き、全身をあるがままに包んだ。左近との闘いに小細工は通用しない。自然体で闘うだけなのだ。神尾は己を無にして待った。

波除稲荷の石垣に打ち寄せる波の音だけが聞こえた。単調な波の音が、いきなり変わった。神尾は振り向いた。下帯一本の左近がいた。濡れた身体に無明刀を背負い、背後の海から現れたのだ。

神尾は僅かに動揺した。動揺は、必殺の先制攻撃になった。地を蹴り、左近に駆け寄った。左近も無明刀を抜き払い、右後方下段に構え、神尾に向かって走った。

神尾の刀が横薙に走り、左近の無明刀が下段から斬りあげられた。

左近の脇腹に横一筋の血が浮きあがり、神尾の着物の胸元が斬り裂かれた。

次の瞬間、反転した左近と神尾は、火花を散らせて激しく斬り結び、互いに飛び退いた。

神尾は素早く刀を八双《はっそう》に構え、じりじりと左近に迫った。

左近は無明刀をゆったりと大上段に構えた。その大きな構えは、刀の切っ先から左近の足元までを、一振りの巨大な刀と化した。

天衣無縫の構えだ……。

斬り込めば、左近の刀は容赦なく斬り下ろされる。よほど刀の速さと見切りに自信があるのだ。神尾は動きを止めた。

左近は微動だにしない。神尾の全身に汗が滲んだ。

三枝たち見聞組が気がつき、波除稲荷に猛然と殺到してきた。

「寄るな」

神尾が厳しく一喝した。三枝たちが立ち止まった。所詮、三枝たちの勝てる相手ではない。これ以上、見聞組の者を死なせてはならぬ……。神尾は強く心に決めていた。

左近の背後の海から朝日が昇り始めた。真っ直ぐ突き立てられた無明刀が、朝日を受けてきらりと輝いた。誘われたように神尾が、八双の構えから斬りかかった。左近の無明刀が、光となって斬り下げられた。

神尾は咄嗟に横に飛んだ。辛うじて躱《かわ》した……。

神尾がそう思った瞬間、全てが真っ白になり、一瞬にして消えた。

神尾は額から血を噴き上げ、糸を切られた操り人形のように崩れ落ちた。三枝たちが息を飲んで立ち尽くした。

左近が残心の構えを解いた。巴屋の寮からおしんが現れ、匕首を腰溜めに構えて左近に突進してきた。涙を飛ばして……。

おしんは泣いていた。神尾の後を追って死にたがっている……。

二人は愛し合っていたのだ。

斬るのも情け……。

失った記憶が囁いた。

おしんは悲鳴のような叫び声をあげて、左近に体当たりした。左近は僅かに躱し、おしんの匕首を左腕に受けた。血が流れ、滴り落ちた。おしんの眼に満足感が浮かんだ。

「気が済んだか……」

左近が囁いた。おしんが頷いた。

左近はおしんを神尾の傍に一気に押し、心の臓を無明刀で素早く貫いた。おしんは呻き声を小さく洩らし、神尾の死体に覆い被さるように倒れた。そして、ぬくもりの残る身体をしっかりと抱き締め絶命した。安心したような微笑みを浮かべて……。

愛し合っていた神尾とおしんが、腹違いの兄妹とは、左近は無論、誰も知らない。

左近は無明刀を鞘に納め、神尾とおしんの死体に手を合わせた。

「最早これまで。神尾殿は我等が斬り合うのを、望んではいない……」

三枝が刀を納め、神尾とおしんの死体に駆け寄った。残る見聞組の者たちが続いた。

左近はおりんの元に向かった。

おりんは不気味な静寂に包まれ、左近の身を案じていた。

左近の顔を見た時、おりんは涙を零した。そして、猿轡を外された途端、縄を解く左近に身体を押しつけ、子供のように声を張りあげて泣いた。

二

左近は連雀町の家を立ち退き、波除稲荷裏の寮に戻った。残るは、由井正雪の軍資金だ。

彦兵衛は次々と依頼される公事訴訟に忙しく、房吉はまだ小田原から帰ってきていなかった。

左近とおりんは、毎日のように湯島天神を訪れ、『天』に関わる物を探した。だが、『天』に関わる物は、見当たらなかった。

「左近さん、私たち、間違っているのじゃないかしら」

「間違っている……」

「ええ。もう一度、『非理法権天』って言葉、良く考えてみたらどうかしら……」

「……非は理に勝たず、理は法に勝たず。法は時の権に勝たず、そして権も天には勝てず。天道は明にして私がなく、欺くことはできない。故に天道に従って行動すべき……」

「天道、天の道ねぇ……」

おりんは境内を見廻した。初冬の湯島天神には、落ち葉を燃やす煙が立ち昇っていた。参拝客が寒そうに参道を行き交っていた。

「あるわけないわよねぇ、天の道なんか……」

その夜、房吉が帰ってきた。

「そうか、無事に送り届けてくれたかい。ご苦労だったね……」

「いえ、どうってことはありません」

房吉は満面に笑みを浮かべていた。

「それで、お絹さんのおッ母さんの病の具合、どうなんだい」

「それなんですが、お絹さんの顔を見た途端、元気になりましたよ」

「そりゃあ何よりだ」

「旦那にくれぐれも宜しくと……」

房吉が何気なく彦兵衛に頭を下げた。左近はその時、房吉がお絹の身内のように見えた。

「いやいや、わたしは仕事をしたまでだよ」

「房吉さん、お絹さん、いつ江戸に帰ってくるのですか……」

「えっ……」

房吉が微かに狼狽した。

「約束したのじゃありませんか……」

房吉の頰が赤くなった。

「いつですか」

「そりゃあ、その……おッ母さんの病が、良くなり次第……」

「では、それまでに連雀町の家、片付けなければなりませんね」

「いえ、連雀町は更地にして売り払い、別のところで暮らした方がいいと……」

「房吉さんが決めたのですね」

「えっ、ええ……」

「房吉、お前、まさかお絹さんと……」

「旦那、お絹さん、あっしの嫁になってくれると、はい……」

房吉が顔を赤らめ、額に浮いた汗を拭いた。左近は微笑んだ。

「そいつはめでたい……」

「ありがとうございます」

房吉は深々と頭を下げて、照れを隠した。

小田原への道中、房吉はお絹に明るさを取り戻させようと、懸命に盛り上げた。

お絹は房吉の優しさに感謝した。そして、正蓮寺で左近に助けられ、房吉に背負われて逃げた時を思い出した。

房吉さんの背中は、温かくて安心できた……。

お絹は房吉の愛を受け入れた。

「良かったですね、房吉さん」

「左近さん、お前さんは嫌な人だ……」

房吉は見抜いた左近に悪態をついた。

左近は思い出していた。房吉がお絹を助けようとして、無謀にも氷室精一郎に立ち向かったのを……。そして、正蓮寺からお絹を助けて逃げる時、怒ったように黙りこくっていたのを……。

あの頃から房吉は、お絹に惚れていたのだ。

房吉は様々な修羅場を潜ってきた男だ。お絹の傷を優しく包み、必ず幸せにするだろう。左近は二人の約束を心から祝った。

「旦那、左近さん、おりんさんとお春婆さんには、どうか内緒にしておいて下さい。面白がって、嫌ってほど、冷やかしてくるのに決まってんですから、どうかお願いします」

彦兵衛の笑い声が弾けた。

陽炎が巴屋の近くの暗がりに潜み、洩れてくる彦兵衛の笑い声を聞いていた。あの笑いの中には、左近もいるのだ。

必ず殺してやる……。

傷の癒えた陽炎は、左近への憎しみをたぎらせていた。


氷室精一郎は斬られ、神尾将監たち見聞組は壊滅した。萬屋徳右衛門は荒れ狂っていた。

「おまけに、由井正雪の軍資金の在り処もさっぱり分からねぇ……」

左近だ。日暮左近の野郎のせいだ……。

徳右衛門は、左近を殺す方法を考え続けていた。左近より腕の立つ侍を探して金で雇うか、毒でも盛るしかない。

毒……。

徳右衛門は思いつきに興味を持った。石見《いわみ》銀山に鳥兜《とりかぶと》、毒は幾らでも手に入れられる。だが、どうやって左近に毒を盛ればいいのだ。何か方法がある筈だ。

とにかく、巴屋を見張るしかない……。

彦兵衛が正雪の軍資金を発見した時、横取りするためと、左近に毒を盛る手立てを探すには、見張るしかなかった。

鍵は、奇縁氷人石なのかも知れない。奇縁氷人石は、湯島天神を示すだけではなく、軍資金の隠し場所も教えている可能性がある。

左近と房吉は、奇縁氷人石の正面に立ち、境内を見廻した。だが、『天』に関わるような物は、何一つ見当たらなかった。

「やっぱり昔あった、天窓井戸って古井戸を探すしかないのですかね……」

「だが、何処にあったのか、誰も知らない限り、探しようがありません」

「そりゃあまあ、そうですが……」

参拝をする人々は厚着をし、境内は冬仕度を終えていた。秋から始まった騒動は、数カ月が過ぎていた。

騒動の始まりは、お蝶に悶死させられた茶の湯の宗匠桂田石庵だ。石庵の茶碗を包んでいた鹿革と反故紙だ。

茶碗……確か伊呂波茶碗と呼ばれていた。

「房吉さん、ひょっとしたら伊呂波茶碗かも知れません……」

「伊呂波茶碗……」

「ええ、例の鹿革が、包んでいた茶碗の名前ですが、『天』といろは四十八文字に関わりがあるのかも……」

「例えば、どんな風にですか」

「天の〝て〟は、いろは四十八文字の何番目ですか……」

房吉はいろはを呟きながら、指を折った。

「いろはにほへと、ちりぬるを、わかよたれそ、つねならむ、うゐのおくやま、けふこえて……〝て〟は三十五番目ですね」

「じゃあ、〝ん〟は最後ですから、四十八番目ですね」

「ええ、三十五番目と四十八番目、足すと八十三……」

「では、奇縁氷人石から八十三歩のところ……」

「なるほど、そういうことですかい……」

「ええ……」

「じゃあ……」

房吉は奇縁氷人石の正面に立った。だが、正面からは八十三歩も行かず男坂になる。

「こりゃあ駄目だ」

「房吉さん、おそらく左側、『をしふるかた』から八十三歩です」

左近は奇縁氷人石の左手から、真っ直ぐ歩き出した。これが『天道』、『天の道』なのかも知れない。房吉が歩数を小さな声で数えながら続いた。

「一、二、三、四……」

参拝客の間を通り、梅林を抜けて進んだ。

「……八十、八十一、八十二、八十三歩」

左近は立ち止まった。奇縁氷人石から八十三歩、ざっと三十間離れた場所は、梅林の奥だった。

「由井正雪の軍資金、ここに埋まっているんですかね……」

「さあ、掘ってみなければ、何とも言えません……」

「今夜にでも、掘ってみますか……」

「先ずは、彦兵衛殿に相談してからです」

房吉は左近の言葉に頷き、懐から手拭いを取り出し、傍らの梅の木の根本に縛りつけた。

左近と房吉は、参道に立ち並ぶ露店の間を通って帰っていった。

甘酒売りの伝八が、物陰に身を隠して見送り、梅林に走った。そして伝八は、梅の木に縛りつけられた手拭いを見つけた。


彦兵衛は首を捻った。

「旦那、何か……」

「房吉、奇縁氷人石の左側から八十三歩の梅林なら、本殿や社務所から見えるのだろう」

「そりゃあまあ、ざっと三十間ですから……」

「だったら、埋めるのは無理だな」

せっかくの閃きに水をかけられた。房吉は微かに苛立った。

「旦那、どうしてですかい……」

「いいかい、正雪の軍資金は、何万両だと言われている。たとえ一万両だとしても、千両箱が十個だ。そいつを埋めるには……」

「大勢の人手とかなりの手間暇がかかる。湯島天神の人たちが、気づかぬ筈はない……」

「ええ。それに埋めた時は気がつかなかったとしても、埋めた跡は隠しようもない。違いますか……」

「ですが、枯れ葉を撒いて、跡を隠せば……」

「房吉、由井正雪の謀叛が発覚したのは七月だ。落ち葉が散るには早すぎるよ」

「なるほど、彦兵衛殿の言うとおりですね」

左近が頷いた。

「ですが左近さん、『天』の文字の謎の解き方は、きっとそのようなものでしょう」

「じゃあ左近さん、非理法権天の五文字を全部、いろはの順番に直して、足してみちゃあどうですかね……」

房吉が、いろはにほへと、呟きながら指を折った。

「非は四十四番、理は九番目、法は〝ほ〟と〝う〟で二十九。権は……七十九で、天が八十三となると、全部で……」

「二百四十四だよ」

「じゃあ、奇縁氷人石から二百四十四歩のところ。違いますかね……」

「一歩を二尺として、二百四十四歩なら四百八十八尺、つまりざっと八十一間。奇縁氷人石から八十一間となると、湯島天神の境内からはみ出しはしないかな……」

「そうですねぇ……」

彦兵衛の言う通りだ。左近は『天』の文字の謎を解く方法が、他にないか考えた。

徳右衛門は苛々しながら、子分たちの掘る穴を見つめていた。掘り始めて、もう一刻は過ぎた。

「伝八、ここに間違いないのだろうな……」

「へい、左近と房吉の野郎、奇縁氷人石からここまで来て、その梅の木に手拭いを結びました」

梅の木に結ばれた手拭いを示した。子分たちはその傍に穴を掘っている。穴は三人の男が入れるほどの広さで、深さはもう頭の辺りになっていた。だが、正雪の軍資金が、出てくる気配はなかった。徳右衛門の苛立ちは募った。

「どうだ、まだ出て来ないか……」

「へい……」

三人の子分たちが、泥塗《まみ》れになって穴を掘っていた。如何《いか》に大勢で掘ったとしても、そんなに深く掘って埋めた筈はない。だが、穴からは何も出てはこない。

「親方、ひょっとしたらガセじゃあねぇんですか……」

穴の中の子分が、徳右衛門を見上げていた。

やっぱりそうか……。

次の瞬間、徳右衛門は怒声をあげて、伝八を殴り飛ばしていた。


馬喰町の巴屋を出た左近は、日本橋川に架かる江戸橋で小網町の長屋に戻る房吉と別れ、楓川《もみじがわ》沿いに進み、弾正橋を渡って鉄砲洲に帰るつもりだった。

楓川沿いの道に人気はなかった。左近は掘割の右側を歩いていた。左近の足音が、夜の静寂に微かに鳴っていた。

やがて、足音がもう一つ加わった。誰かが、後ろからやって来たのだ。足音は真後ろからではなく、掘割を挟んだ左側から聞こえていた。左近は歩調を変えず、僅かに振り返って見た。

掘割を挟んだ左側の道を、男の影がやって来ていた。男は笠を被り、袴を着けていた。

侍、浪人だ……。

浪人は懐手《ふところで》をした右袖を揺らし、ゆっくりとした足取りできた。

新たな敵かも知れない……。

左近は浪人に対し、短い殺気を放った。もし、敵ならば、何らかの反応がある筈だ。だが浪人は、何の反応も見せなかった。

敵ではない……。

左近は弾正橋に差しかかった。次の瞬間、左近は後方に飛び退いて身構えた。

鋭い殺気が、いきなり叩きつけられたのだ。

左近は鋭く辺りを見廻した。掘割の反対側を来た浪人の姿はなかった。

あの浪人が、身を隠して放った殺気に違いない……。

殺気は強く切れ目なく左近を襲った。左近は身構えて攻撃を待った。だが、殺気は消えた。

左近はいつの間にか、全身に汗を滲ませていた。浪人は左近の殺気を無視し、いきなり殺気を放ってきた。今までに感じたことのない、強く鋭い殺気だった。

何者だ……。

左近は新たな強敵の出現を知った。

三

左近と房吉が来た時、湯島天神は大騒ぎだった。

町奉行所の役人たちが、鳥居の前を封鎖し、参拝客や野次馬が集まっていた。

「どうしたのでしょう……」

「ちょっと待っていて下さい。調べてきます」

房吉は参拝客と野次馬の間に入っていった。左近は人込みから離れ、湯島天神の表を眺めた。表には鳥居があり、その上に『天満宮』と書かれた額が飾られている。その鳥居を潜り、両脇に露店が並ぶ参道を進むと本殿がある。既に何度も訪れ、見慣れた景色だ。

だが、何かが違う。いつもと違う……。

それが、何かは分からないが、いつもと違うのは確かだ。左近は違いを探した。

人込みの中から房吉が戻ってきた。

「大変ですよ、左近さん……」

「どうしました」

「とにかく、不忍池にでも行きましょう……」

房吉と左近は、湯島天神裏門坂道を下り、下谷《したや》広小路を抜け、目と鼻の先の不忍池に向かった。

不忍池には、川鵜《かわう》が不気味なほどに群れをなしていた。湖畔の茶店にも、湯島天神の騒ぎは聞こえていた。左近と房吉は、不忍池が見える座敷に座った。

「では、何者かが、房吉さんが手拭いを縛りつけた梅の木の傍を掘ったのですか」

「ええ。今朝、天神様の者が、見つけて驚き、支配のお寺社に届けた。そして、お寺社が月番の南町奉行所に探索を頼んだ。顔見知りの役人が、そう教えてくれました……」

公事宿の下代の房吉は、普段から南北両町奉行所に出入りしており、顔見知りの下級役人が多かった。

「掘ったのは、正雪の軍資金の事を知っている者ですね……」

「萬屋の徳右衛門ですよ。野郎の息のかかっている奴は、天神様の露店の中にもいますからね。きっと、あっしが梅の木に手拭いを結ぶのを、見ていたんでしょう……」

「……それで、正雪の軍資金、埋まっていたのですか」

「いいえ、無かったようですぜ」

「やはり……」

「ええ、お役人や天神様の人たちは、何のために掘られた穴なのか、皆目分からなくて困っていましたよ。穴の底に、物が埋められていた跡は、まったく無かったそうです」

「そうですか……」

「旦那の睨んだ通りだったんですよ」

「いろは文字は、違いましたね……」

「ええ、非理法権天、全部を足して二百四十四歩ってのもね」

川鵜が煩《うるさ》く鳴き出した。

やはり、何かが違うのだ……。

左近は再び違和感を覚えた。

「それにしても、徳右衛門の野郎、まだ諦めていねぇとは……」

房吉は怒りと憎しみを浮かべた。

「許せねぇ……」

愛するお絹への、徳右衛門の残酷な仕打ちが、房吉には許せないのだ。激しい殺意が、房吉の顔に浮かんでいた。

「房吉さん……」

「は、はい……」

返事をした房吉は、既に殺意を消していた。

「帰りますか……」

「ええ、仕方がありませんね……」

左近は房吉の秘めている凄味を思い出した。このままでは、房吉はいつか徳右衛門を殺すだろう。愛するお絹の屈辱を晴らし、その幸せを願って……。

房吉は眼を据え、俯き加減に左近の前を歩いていく。おそらく、徳右衛門を殺す手立てを考えているのだ。左近は、房吉を人殺しにさせたくなかった。

黄金……。

正雪の軍資金は、既に何人もの人間を狂わせ、死なせてきていた。もう充分だ。やはり、世に出してはならないのだ……。

左近は呟いた。

湯島天神の絵図が広げられた。絵図には、鳥居、本殿、男坂と女坂、奇縁氷人石、そして切り通しまでが、色鮮やかに詳しく描かれていた。彦兵衛が知り合いの絵師に頼んで描いてもらった物だ。左近と房吉は、額を寄せ合って見た。

「これで見ると、鳥居から本殿までの間に、何万両分もの千両箱を埋めるのは、とうてい無理だな……」

「じゃあ旦那、裏の雑木林の何処かってことですかい」

「ああ、十個以上の千両箱を埋めるには、それしかないだろう……」

「だったら、明日から裏の雑木林で、非理法権天を探すしかないか……」

房吉はうんざりしていた。

「房吉、諦めるか……」

「冗談じゃありませんぜ。こっちが諦めた後、徳右衛門の野郎が見つけたら死んでも死にきれねえ。何としてでも突き止めてやりますよ」

「彦兵衛殿、房吉さん、何故、湯島天神なのでしょう」

黙っていた左近が、素朴な疑問を口にした。

「そりゃあ左近さん、奇縁氷人石が……」

「いえ、それ以前に何故、由井正雪の仲間は、何万両もの軍資金を湯島天神に隠したのかということです……」

「そりゃあ……旦那」

房吉が彦兵衛に助けを求めた。

「左近さん、詳しく仰って下さい」

「はい。仮に何万両もの軍資金が、連雀町の正雪の軍学塾にあったとします。そこから、湯島天神に運んで隠した。昌平橋を渡って神田川を越え、神田明神の傍を通り、妻恋神社のある妻恋坂を登って……少なくても十個以上の千両箱ならかなりの重さです。大八車を使って運んだとしても、大変な仕事になります。何故、そこまでしたのでしょう……」

「途中の神田明神や妻恋神社でも、良かったと言いたいのですか」

「ええ。だが、わざわざ湯島天神に運んだ」

「左近さん、そいつは、湯島天神に奇縁氷人石があったからじゃあないですか」

「神田明神や妻恋神社にも、謎を秘められる物はある筈です」

「例えば……」

「神田明神なら『力石』です。そして非理法権天の『天』の文字は、門の左右に並んでいる二人の武士の彫像になります」

「左近の桜と右近の橘が、『天』ですか」

「ええ、『天』の文字を分ければ〝二と人〟、つまり〝二人の人〟となり、神田明神では門を示すことになります」

「なるほど、そう考えれば、坂道を登って遠い湯島天神まで、重い千両箱を運んだ理由、確かに良く分かりませんね」

「だったら、きっと何万両もの軍資金、連雀町の軍学塾じゃあなくて、湯島天神の近くにあったのじゃありませんか」

「残念ながら、湯島天神の近くに正雪に関わる家はない。仮に門弟が住んでいたとしても、千両箱を十個以上も隠しておける家には、住んではいないよ」

「旦那、どうしてそこまで、分かるんですか」

「房吉、正雪が軍資金を隠したのは、公儀が謀叛に気がついたからだよ。それで、軍資金が奪われるのを恐れて隠した。当然、公儀のお役人は、最初に軍資金を置いてあった場所にも踏み込んだ筈だ……」

「だが、公儀の記録には、湯島天神付近の家を探索したと、残されていないのですね」

「ええ。北町の例繰方《れいくりかた》のお役人に覚書を探して貰い、こっそり見せて貰いましたが、いっさいありませんでしたよ」

「じゃあ、やっぱり軍学塾から運ぶしかありませんか……」

房吉は眉を顰《ひそ》めた。

「で、どうして湯島天神に隠したか、ですな」

「はい……」

何万両もの軍資金は、本当に湯島天神に隠されているのだろうか……。それより、本当に存在するのだろうか……。

左近の素朴な疑問は、騒動を根底から揺るがした。

房吉は湯島天神裏の林を一廻りした。林の中は、昼間でも薄暗く、地面は草や落ち葉に覆われて見えなかった。

仮に正雪の軍資金が埋められているとしても、百六十年も過ぎた今、その形跡を見つけられる筈はない。

頼りは『非理法権天』だけだった。ひょっとしたら、木の幹や石に彫られているのかもしれない……。

房吉は探した。だが百六十年も経てば、木の幹は皮に覆われ、石は草や土に埋もれている。

こいつは、無理だ……。

そして、他に『非理法権天』に関わるようなものはなかった。

「やっぱり、由井正雪の何万両もの軍資金なんて只の伝説で、本当はありゃあしないんじゃないですかね……」

「じゃあ房吉さん、『奇縁氷人石、非理法権天』はなんですか」

「きっと誰かが、面白がって作ったお遊びで、俺たちは振り廻されただけなんですよ」

「……遊びだったら、死んでいった者たちが浮かばれぬ……」

「そりゃあそうだけど、軍資金が見つからない限り……」

「房吉さん、確かに何万両もの小判は埋まっていないかもしれません。ですが、正雪の軍資金はあるのです」

左近は断言した。

これだ、これがずっと感じていた違和感なのだ……。

軍資金は小判や金塊ではなく、別の物なのだ。左近は己の直感を信じた。

「小判じゃあない、軍資金ですかい」

「ええ……」

「なんですか、そりゃあ……」

「分かりません。ですが、そんな気がします」

「だったら、証文のようなものですかな……」

彦兵衛が口を開いた。

「証文……」

「ええ、軍資金何万両、譲り渡すとか……証文なら紙切れ一枚、連雀町から湯島天神に運ぶのも、隠すのも造作《ぞうさ》もありません」

「ですが旦那、紙なら百六十年も経てば、ボロボロになりますぜ」

「房吉、いつか話し合っただろう。隠した者は、すぐに取り出すつもりだったと……」

「そうか、百六十年も過ぎてから探すなんて思っちゃあいないか……でも、謀叛人に何万両もの金を貸そうなんて奇特な奴、いますかね……」

房吉の疑問には、流石の彦兵衛も黙り込んだ。何万両もの金を、理由も尋ねずに渡す者はいない。仮に謀叛の軍資金だと知って渡したならば、正雪の同志であり、謀叛人の一人だと見ていい。だが、正雪の大勢の同志の中には、何万両もの身代を持つ者はいなかった。

女の悲鳴が、微かに聞こえた。おりんの声だ。左近はすかさず表に走り出た。

「どうしたんですか、左近さん」

彦兵衛と房吉の驚いた声が、走り出ていく左近の背を追った。

おりんが、波除稲荷の表に倒れていた。左近は素早く辺りを窺った。人影は何処にもなく、殺気も感じられなかった。左近はおりんに駆け寄り、抱き起こした。

おりんの着物と肌襦袢が、左右に落ちて上半身がはだけた。

小振りな乳房と白い腰が露になった。おりんの着物の背中が、襟元から帯にかけて、見事に両断されていた。左近は素早くおりんの白い素肌を調べた。怪我は何処にもなく、気を失っているだけだった。

かなりの使い手……。

左近は思い出した。

あの夜の恐ろしい程の殺気を……。

笠を目深に被り、鋭い殺気を放ってきた謎の浪人を思い出した。

彦兵衛と房吉が、寮から出てきた。左近はおりんの着物の前を合わせ、露《あらわ》になっていた乳房を隠した。

「おりん……」

愕然とした彦兵衛が、おりんの傍にへたり込んだ。一人きりの可愛い姪だ。彦兵衛が腰を抜かすのも無理はなかった。

「怪我はありません。気を失っているだけです」

「……良かった」

「しっかりして下さい、旦那……」

左近は、おりんの着物がはだけないように慎重に抱き上げ、寮に運んだ。房吉が、腰を抜かした彦兵衛を背負って続いた。

おりんを襲ったのは、左近の推測通り、笠を目深に被り、懐手をした浪人だった。

おりんは、仕立てあがった左近の着物を抱え、馬喰町の巴屋から波除稲荷に急いでいた。江戸橋を渡って茅場町を抜け、亀島川沿いの道を急いだ。そして、八丁堀にかかる稲荷橋を渡り、波除稲荷に来た時、笠を被った浪人が現れ、擦れ違った。

擦れ違いざま、浪人が刀を閃かせた。一瞬の出来事だった。おりんは二、三歩通り過ぎた時、背中に風を感じて腕を廻した。素肌が触れた。着物の背中が斬り裂かれていた。思わず悲鳴をあげた。おりんが覚えているのは、そこまでだった。

恐らく浪人は、左近のいる巴屋の寮を見張っていたのだ。そして、やって来たおりんの着物の背中を、擦れ違いざまに斬った。

脅してきた……。

笠を被った浪人が、牙を剝いて脅しをかけてきたのだ。

何者なのだ……。

失った記憶からきた陽炎の仲間なのか、それとも徳右衛門に金で雇われたのか……。

或いは、中野碩翁配下の神尾将監と関わりのある者なのか……。

いずれにしろ浪人の狙いは、左近の命だ。これ以上、おりんや彦兵衛たちを巻き込んではならない。

四

萬屋徳右衛門は、番頭の重吉に命じて鳥兜《とりかぶと》を集めさせた。既に正雪の軍資金は諦めた。だが、彦兵衛たちが、手にするのは許せなかった。

巴屋の奴等を皆殺しにしてやる……。

徳右衛門の子分の伝八たちは、巴屋の周囲をうろつき、鳥兜を盛る機会を探した。だが、伝八たちの動きは、おりんの警戒網に引っかかった。煙草屋の隠居が、うろつく伝八に気づき、お春に報せた。

「あの野郎、湯島天神様の甘酒売りだ……」

房吉が伝八の正体を見抜いた。

「まさか、徳右衛門の子分じゃあないだろうね」

「その、まさかだよ」

「あら、ま……じゃあ又、何か企んでいるのかい」

「きっとな……」

「どうしようかね」

「お春さん、俺が何とかするから、旦那には内緒だぜ」

「いいとも、厳しく懲らしめてやんな」

房吉は神田連雀町の家に行った。伝八の尾行を承知の上でのことだ。房吉は庭から雨戸をこじ開けて、家に入った。裏庭は、相変わらず穴が掘られたままだった。房吉は家に入り、素早く表に出て、再び庭に廻った。

伝八が庭から家の中を覗いていた。房吉は忍び寄り、伝八の尻を蹴飛ばした。伝八は短い悲鳴をあげて、家の中に倒れ込んだ。そして、慌てて起き上がろうとする伝八に飛びかかり、手拭いで口を塞ぎ、太股に匕首を突き刺した。伝八のくぐもった悲鳴が洩れた。房吉は二間ほどの深さの穴に、伝八を突き落とした。

穴の底に落とされた伝八は、懸命に立ち上がろうとした。だが、無駄なあがきだった。刺された太股から血が流れ、激痛が襲った。

房吉は嘲笑を浮かべて、穴の底でもがく伝八を見下ろした。

「……何を企んでいるんだい」

「う、煩せぇ……」

伝八は必死に虚勢を張った。房吉は掘り出してあった土を落とした。落とされた土が、伝八の傷ついた太股を覆った。

「何しやがる……」

「素直に言わなきゃあ、ここがお前の墓穴になる……」

伝八の顔色が変わった。土壁に縋り、必死に立ち上がろうとした。房吉がその顔に土を落とした。伝八は顔を押さえてうずくまった。土が眼に入ったのだ。房吉は情け容赦なく土を落とした。

「た、助けてくれ……」

伝八が泣きを入れた。房吉は無視し、押し黙ったまま土を落とし続けた。土は伝八の身体を埋め始めた。房吉は沈黙を続けた。落とされた土が、泣き叫ぶ伝八の身体の半分を埋めた。

「鳥兜だ。徳右衛門の親方は、巴屋に毒を盛ろうとしているんだ……」

伝八が吐いた。

毒……。

薄汚い徳右衛門のやりそうなことだ。房吉はもう我慢ができなかった。お絹への仕打ちだけでも許せないのに、鳥兜で巴屋の皆を殺そうとしているのだ。殺される前に殺してやる……。

「もう一つ答えて貰おう。徳右衛門の女、今は何処の誰だい……」

房吉は決意した。彦兵衛や左近に内緒で、一人で徳右衛門を殺すと……。

おまさの住む家は、両国橋を渡り、竪川に架かる二ツ目橋の傍にあった。黒板塀に囲まれた家は、徳右衛門が与えたものだ。徳右衛門は三日にあげず両国橋を渡ってきては、おまさと絡み合っていた。

おまさは十八の歳に炭屋の旦那に囲われて以来、三十歳になる今日まで、妾稼業で生きてきた女だ。豊満なおまさの肉体は、何人もの男たちを喜ばせてきた。

今夜も徳右衛門は、子分たちに表を見張らせて、奥の座敷でおまさと絡みあっていた。次の間の畳が上がり、床下から人影が這い出してきた。房吉だった。

房吉は二日前の昼間、おまさが出かけた隙に食料と防寒着を持って床下に潜り込んだ。そして、床板を引き廻し鋸《のこぎり》で切り、己の糞尿の悪臭と寒さに耐えて、徳右衛門が訪れるのをじっと待った。

漸くその時がきた。房吉は糞尿を溜めた穴に、食い物の残りを棄てて埋めた。切った床板を外し、畳を押し上げて這い出した房吉は、奥座敷の襖を僅かに開けて覗いた。薄暗い奥座敷には、徳右衛門とおまさの喘《あえ》ぎ声が溢れていた。

房吉は奥の部屋に忍び込み、徳右衛門の背後に近づいた。おまさが歓喜の声をあげた。同時に房吉は、徳右衛門の首に素早く晒《さらし》を巻いた縄をかけ、一気に締め上げた。徳右衛門が苦しく呻いた。

徳右衛門は懸命に振り返り、物凄い形相で房吉を睨みつけた。房吉は思わず眼を瞑《つむ》り、晒を巻いた縄を激しく締め上げた。もうすぐ徳右衛門の体重が、晒を巻いた縄にずっしりとかかる筈だ。

親父の身代を騙し取り、お袋と首括りの心中に追い込んだ高利貸しが、死んだ時のように……。

手応えがあった。徳右衛門が涎《よだれ》を垂らし、前のめりに傾いた。

死んだ……。

房吉は徳右衛門の首から晒を巻いた縄を外し、素早く次の間に戻った。

徳右衛門が、おまさの豊満な身体の上にゆっくり崩れた。おまさは甘い声をあげ、徳右衛門の死体を抱き締めた。房吉は縁の下に戻り、騒ぎの起こるのをじっと待った。

とうとう萬屋徳右衛門を殺した。お絹を苦しめた恨みを晴らした。だが、このことは、お絹はもちろん、彦兵衛や左近にも絶対に内緒だ。

騒ぎは、なかなか起こらなかった。

まさか、徳右衛門は死ななかったのか、いや、そんな筈はない……。

房吉はじりじりとして待った。やがて、おまさの悲鳴が上がり、表を見張っていた子分たちが、驚いて家の中に駆け込んでいった。


噂は静かに広まった。萬屋徳右衛門が、妾の家で腹上死をした。

「噂、本当のようです……」

彦兵衛が本所の岡っ引きから聞き込んできた。

「そうですか……」

「あの徳右衛門が、妾の腹の上で死んだなんて、呆気ないものですな……」

「ええ……彦兵衛殿、以前、聞いた覚えがあるのですが、房吉さん、両親を心中に追い込んだ高利貸しがいなくなった時も、姿を消していたそうですね」

「……左近さん」

「徳右衛門が死ぬ二、三日前から、房吉さんの姿、見かけなかったのですが、何処で何をしていたか、分かりますか……」

「いいえ……」

やはり徳右衛門は、房吉に殺されたのだ。左近は確信を抱いた。

「どうします……」

「何をですか……」

「房吉です」

彦兵衛も左近と同じ思いだった。

「……徳右衛門は、いつかこうなる筈でした。それが早くなっただけです」

左近は冷徹に断言し、密かに後悔した。房吉に人殺しをさせたくなかった。徳右衛門を早く始末すべきだった……。左近は自分を責めた。
二、三日姿を消して現れた房吉は、風邪気味なのか鼻をグズつかせながらも、妙にスッキリした顔をしていた。そして、徳右衛門の死を聞いて驚き、嬉しそうに笑った。
下手な芝居だ。左近は苦笑した。だが、芝居の下手な房吉が、子分たちの警戒網を潜り抜けて、徳右衛門を腹上死に見せかけて殺した。徳右衛門の妾にも気づかれず、毛筋ほどの傷もつけずに……。

どのような方法で殺したのか、左近にも見当がつかなかった。おそらく、人には言えない苦労があった筈だ。だが、房吉は愛するお絹の屈辱を晴らすため、たった一人で実行したのだ。

両親とお絹……。

房吉は愛する者のためには、命懸けで闘うのだ。そこに、房吉の凄味がある。

左近は改めて思い知らされた。

江戸の町は、師走《しわす》を迎えた。徳右衛門が死んで以来、巴屋を見張る者は姿を消し、長閑《のどか》な日が続いた。笠を目深に被った浪人は、波除稲荷でおりんを襲ってから姿を現してはいない。

そして、陽炎も……。

陽炎は、伝馬町裏の土手で闘って以来、姿を消していた。あの時、太股を斬った手応えは、充分にあった。傷は思ったより深く、陽炎を苦しめているのかも知れない。

いずれにしろ、記憶を失っている自分の過去を知っているのは、陽炎しかいない。死んでもらっては困るのだ。

左近は陽炎を探して町を歩き、襲いかかってくるのを待った。そして、湯島天神にも訪れ、『非理法権天』の秘密を解こうとした。

左近は湯島天神の鳥居の前に立った。

「非は理に勝たず、理は法に勝たず、法は時の権に勝たず、そして権も、天には勝てず……。天道は明にして私がなく、天道を欺くことはできない……天道か……」

呟きながら左近は、鳥居の下から続く参道を眺めた。参道は天神様が奉られている本殿に続いている。

天道、天神様への道……本殿への参道のことなのだろうか……。左近は鳥居を見上げた。鳥居の真ん中に『天満宮』と記された額が掲げられている。

湯島天神で『天』の文字の付く物は、この額しかなかった。

『天』とは、『天満宮』とかかれた額のことかもしれない。

『天』と『天道』……。

いずれにしろ関わっている物は、鳥居の額しかなかった。

左近は彦兵衛の言葉を思い出した。

「何万両もの軍資金を譲り渡す証文……」

証文なら額に隠すことはできる。だが、誰が何万両もの金を、由井正雪たち謀叛人に譲り渡すと言うのだ。

左近は迷った。だが、もし譲り渡す者が、実在したとすれば、充分あり得るのだ。

調べてみる価値はある……。

左近は踵を返した。

夜、鳥居に梯子《はしご》がかけられた。房吉は梯子を身軽に駆け登った。『天満宮』とかかれた額は、金具でしっかりと留められていた。房吉は道具を使って外し始めた。

左近と彦兵衛が、竹竿の先に付けた提灯《ちょうちん》を下から掲げ、房吉の手元を照らしていた。

房吉が漸く額を外し、下に降ろした。左近は額の裏を調べた。額の裏には、薄い板がしっかりと釘付けされていた。

左近は慎重に釘を抜こうとした。だが、釘は真っ赤に錆びており、折れてしまった。そして、薄い板も朽ち果て、手で剝がれる始末だった。

左近は慎重に腐った薄い板を剝がした。彦兵衛と房吉が、沈黙したまま見守った。やがて、朽ち果てた薄い板の下から、油紙に包まれた一枚の紙が現れた。

「左近さん……」

彦兵衛が緊張した声をかけた。房吉の喉が鳴った。左近は頷き、風化した油紙を破き、虫の食った紙を静かに剝がした。紙は縁をボロボロと崩しながら、どうにか剝がれた。油紙に包まれ、固く密封されていたせいで、辛うじて原型は留《とど》めていた。

「やっぱり、ありましたな……」

「ええ……」

「旦那、この紙きれが、何万両もの軍資金って訳ですか」

房吉が呆気に取られたような声をあげた。

「房吉、これは只の紙じゃあない。熊野誓紙《くまのせいし》と言って、神文誓詞《しんもんせいし》に使う物だ。きっと大事な約束が書かれている筈だ……」

巴屋に戻った彦兵衛は、ボロボロの神文誓詞を解読し始めた。

百六十年前に熊野誓紙に書かれた文字は、辛うじて読み取れた。そして、最後には、立派な花押《かおう》が描かれていた。花押とは、身分の高い武士が本人であることを示す特殊な署名だ。

「やはりな……」

彦兵衛が納得したように呟いた。

「彦兵衛殿……」

「この証文を紀州家に持って行けば、五万両もの金が戴けるそうだ……」

「五万両……」

房吉が素っ頓狂な声を挙げた。

「ああ、もっとも百六十年前の話だが、今でも幾らかには、なるかも知れないが……」

「彦兵衛殿、紀州家と申せば……」

「ええ、徳川御三家の一つですよ」

「何故、御三家が、謀叛人の由井正雪に五万両もの軍資金を……」

「左近さん、この前、お話ししたように、百六十年前、由井正雪の謀叛の企てに、密かに加担したと噂され、御公儀に調べられた殿様が、徳川御三家の紀州頼宣《よりのぶ》って殿様なんですよ」

「しかし、御三家は徳川一族……」

「そうです。ですが百六十年前の上様は、神君家康様の孫である三代家光《いえみつ》公、紀州頼宣公は家康様の十男。つまり、叔父が甥を上様と奉り、頭を下げていたのです」

「ですが、そのようなこと、武家の間では……」

「左様、良くあり、驚くほどのことではありません。ですが、紀州頼宣公は、南海の竜と呼ばれた剛毅な方だったとか……正雪が謀叛を企てたのは、三代家光公が亡くなり、四代家綱《いえつな》公に代替わりする時です。権現《ごんげん》様の倅としては、いろいろ不満があったのでしょうな」

「それで、由井正雪の謀叛に加担したと……」

「……疑われ、審問の座に呼ばれ、御老中《ろうじゅう》たちに厳しく問い質されたそうです。ですが、紀州和歌山《わかやま》藩を懸けて、自分は潔白だと開き直り、事なきを得た……」

「じゃあ旦那、紀州の殿様、本当は正雪の謀叛に加わり、五万両もの軍資金を用意したってんですか」

「ああ、この頼宣公の神文誓詞を、紀州家に持参すれば、いつでも渡すとね。……」

「でも、幾ら持って行っても、知らないと言われたら……」

「熊野誓紙に花押入りだ。知らないと惚《とぼ》けて、御公儀にでも持ち込まれたら、それこそ謀叛の証拠と因縁をつけられ、幾ら御三家でも紀州藩の命取りになる……」

「五万両、出すしかないって訳ですか……」

左近は神文誓詞を見つめた。湯島天神には、確かに由井正雪の軍資金が隠されていた。五万両もの軍資金が、小判ではなく、一枚の紙きれとして……。

由井正雪の同志は、謀叛が公儀に発覚したと気づき、慌てて神文誓詞を湯島天神の鳥居の額の裏に隠した。近い将来、再起を期すと決めての行動だ。

しかしこの神文誓詞は、虫が食い、縁も崩れ、文字も滲み、今にも塵《ちり》となって吹き飛びそうだ。

この紙きれ一枚に、五万両の値打ちがあった。そして、何人もの人が、無残に死んでいった。

「さて、左近さん、どうしますか……」

「このままでは又いつか、正雪の軍資金を巡って殺し合いが起きる……」

「じゃあ、湯島天神に正雪の軍資金は、なかったと天下に教えますか」

「それが一番でしょう」

「ですが左近さん、この神文誓詞を見せなければ、本当に軍資金がなかったとは、誰も納得しませんよ」

「では、この神文誓詞を……」

「見せれば、紀州家が黙ってはおりますまい。ひょっとしたら、中野碩翁からいろいろ教えられ、既に動き始めているかも知れません」
おりんを襲った浪人の姿が、左近の脳裏に浮かんだ。紀州藩が放った刺客なのか……。左近に新たな緊張が湧いた。

神田川の上流に姿見橋《すがたみ》がある。右手にある氷川《ひかわ》神社の前の道を行くと、下雑司ケ谷《しもぞうしがや》町に出る。その奥に畑と雑木林に囲まれた鬼子母神《きしもじん》があった。鬼子母神は産生と保育の神とされていた。

そして、雑木林の中には、小作人用の小さな百姓家があった。小さな百姓家は、住む者もなく空き家だったが、数年前から薬草取りの久蔵という初老の男が、住みついていた。

陽炎は焦っていた。既に長い間、あの男の命を狙い続けてきたが、未だ以って倒せずにいた。

親友の兄を裏切り、殺した男を許してはおけない。何より許せないのは、自分が斬った兄の名である『左近』を名乗っていることだ。

「許せぬ……」

「だが陽炎、奴は記憶を失ったと言っているのだろう……」

囲炉裏端にいた久蔵が、干した様々な薬草を薬研《やげん》で粉にしていた。

「親友のふりをして兄を裏切り、斬った男だ。本当かどうか分かるものか」

「しかし、大磯の松並木で逢った時、俺の顔を見て、驚きもしなければ、仕掛けてこようともせず、本当に知らぬ者と逢った顔をした」

「だが、奴は私を見て、陽炎と呼んだ。私の名を呼んだのだ。記憶など失っておらぬ。誑《たぶら》かされてはならぬぞ、久蔵殿」

陽炎が声をあらげた。

「……陽炎、お前の気持ちは分かるが、苛々するな」

「私の気持ちが分かるなどと……久蔵殿、何が分かると言うのだ」

「……奴が好きだという気持ちだ」

「黙れ、久蔵殿。奴は兄の仇、私にあるのは、憎しみと恨みだけだ」

「無理をするな、陽炎……」

「黙れ、黙れ、黙れ」

陽炎は叫んだ。心の底に残っている僅かな拘《こだわ》りを、何とか棄てようと必死に叫び、表に飛び出した。

「陽炎……」

久蔵は痛ましげに見送った。たった一人の兄を、恋人に斬り殺された陽炎を……。

夜の雑木林に梟《ふくろう》の鳴き声だけが響いていた。月の光は、佇む陽炎に冷たかった。久蔵殿の言う通りなのだ。だが、私はそれを棄てなければならない……。陽炎は一途にそう思っていた。そう思い込まなければ、自分を育ててくれた兄を恋人に斬り殺された衝撃に、とっくに押し潰されていた。憎しみ、恨み、命を狙い続けるしかないのだ……。

陽炎は自分に言い聞かせた。

月が雲に陰った。林の奥にきらめきが走った。陽炎は反射的に木立に身を隠し、林の奥を誰何《すいか》した。

浪人が佇んでいた。眼の前の木の枝には、竹筒が下げられていた。竹筒の底には、針の先で開けたような穴があり、漏れた水が雫となって溜まり始めていた。

浪人は静かに腰を落として息を整えた。竹筒の底の雫が落ちた。浪人が、左手一本で刀を抜いた。刀は一瞬のきらめきを見せて、落下する雫を横に斬り、鞘におさまった。驚くべき速さの居合抜きだった。

「見事……」

陽炎が背後から声をかけた。

「まだまだ……」

浪人は振り向き、左の掌を握ったり開いたりしながら答えた。中身のない右袖が、ひらりと揺れた。

「右手のようには参らぬ……」

氷室精一郎だった。

五

青白い炎は、紀州頼宣の神文誓詞を一瞬にして包み込んだ。この古びた紙切れ一枚のために、何人の人が死に、運命を変えたことか……。

氷室精一郎、桂田石庵、佐々木兵馬、渥美千之助、神尾将監、おしん、萬屋徳右衛門。そして、お絹やお蝶、高田新兵衛や堀田内蔵助。様々な人間の顔が、浮かんでは消え去っていった。

左近は虚しさを覚えた。それは、彦兵衛も房吉も同じだった。

百六十年が過ぎ、時代は大きく変わっていた。頼宣の神文誓詞は、紀州和歌山藩にとり、既に何の脅威にもならなくなっていた。脅威は、正雪が謀叛を企てた時から六十五年後、吉宗が八代将軍の座に就いた時になくなった。

吉宗は頼宣の孫であった。孫の吉宗は、六十五年後に祖父頼宣の夢を叶えたのかも知れない。以来、徳川幕府の将軍は、吉宗の血筋から出ている。紀州頼宣は、彼らの家祖である。

今更、将軍が家祖の古傷を表沙汰にする筈もない。幕府は頼宣の神文誓詞を握り潰し、闇に葬るのに決まっていた。

頼宣の神文誓詞は、呆気なく灰になった。

「あーあ、五万両が灰になっちまった……」

「いいじゃあないか、房吉。所詮は伝説、伝説だったんだよ」

「でも、何だか勿体ない気もするねぇ……」

おりんが灰のかけらを摘み、フッと吹き飛ばした。灰のかけらは砕け、白い粉になって散った。

「おりんさん、皆で決めたことですから……」

「分かっていますよ、左近さん」

「さあて、これで終わった、一件落着。祝杯でもあげるか……」

「いいですねぇ、旦那」

「おりん……」

「はいはい……」

おりんが酒を用意しに台所に立った。お絹の公事訴訟は、正雪の軍資金騒動の決着と共に完全に終わった。


波除稲荷の境内は、冷たく凍てついていた。潮騒は荒々しく鳴り、停泊している千石船も少なかった。

昨夜、彦兵衛は全てが終わり、一件落着したと言った。確かにお絹の公事訴訟と、正雪の軍資金に関わる事件は終わった。だが、左近にとっては、何も終わっていなかった。失った記憶を取り戻さない限り、左近にとって終わったとは言えなかった。

失った記憶……。

果たして自分は何者なのか……。

左近は、己の正体を知る陽炎が現れるのを待った。だが、陽炎は命を狙っている。自分の正体を知った時が、死ぬ時なのかもしれない……。

それでも左近は、陽炎が現れるのを待つしかなかった。

陽炎が初めて左近を襲ったのは、この波除稲荷の境内だった。あの時、陽炎は何の関わりもないお葉に催眠の術をかけ、非情にも殺しの道具に使った。それほどまでに深い恨みなのだ。

左近は、失った記憶を探り続けてきた。だが、記憶のかけらも甦りはしなかった。やはり、陽炎を頼るしかないのだ。左近は陽炎の出現を待った。


氷室精一郎は煎じ薬を飲み干した。久蔵の作ってくれる煎じ薬は苦かった。薬の苦さが分かったのは、最近のことだ。左近に右腕を斬り飛ばされ、徳右衛門に息の根を止められそうになり、陽炎に助けられた時、氷室は生と死の狭間を彷徨《さまよ》っていた。だが、久蔵の懸命の手当てによって辛うじて命を救われた。

助かった氷室は、左近の強さを思い知らされた。そして、辛うじて救われた命は、左近を倒すべきために残されたものだと思った。それは、決して復讐心ではなく、剣の道に生きる者としての純粋な対抗心だった。だが氷室は、五感の働きと体力を失っていた。

久蔵は様々な薬草を調合し、氷室を元に戻そうとした。やがて氷室には、左手一本で刀を扱う体力が戻り、漸く煎じ薬の苦さも感じられるようになった。

必ず左近を倒す……。

氷室はその一念で生きていた。

陽炎自身、一人で左近を倒せるとは思っていない。それは、何度もの襲撃が、ことごとく失敗したのを見れば、はっきりしている。残る手立ては、左近と互角に闘った氷室を使うしかなかった。漸くその時が近づいた。

陽炎は左近の身辺を見張り、再び襲撃する機会を窺い始めた。

どうやら左近は、公事宿巴屋の吟味人としての仕事を終えたようだ。毎日を波除稲荷裏の巴屋の寮で過ごしていた。

寮には時々おりんが通ってきて、左近の身の回りの世話をしていた。それは、かつて陽炎が、秩父《ちちぶ》の山の中でしていたことでもあった。そうした日々が、楽しかった分だけ、裏切られた恨みは深かった。

陽炎には、兄や自分と幼馴染みの恋人がいた。だが恋人は、陽炎のたった一人の兄を斬殺して、姿を消した。何故、兄を殺したのか、理由は陽炎にも良く分からなかった。だが理由など、どうでも良かった。兄を殺したのが、事実である限り、理由はどうでも良いのだ。

父を卒中《そっちゅう》で早く亡くした陽炎にとって、兄は父親のような存在であった。秩父忍びの兄と恋人は、お館様の命令で幕府の或る老中を暗殺しに江戸に赴《おもむ》いた。だが半年後、兄と恋人は暗殺に失敗し、打ちのめされて秩父に帰ってきた。暗殺の企てが、洩れていたのだ。

一体誰が洩らしたのか……。

兄と恋人は、情報を洩らした裏切り者を必死に探した。そして、お館様から書状が届いた。

お館様の書状に何が書かれていたのか、陽炎は知らない。だが、その時から兄と恋人の死闘が始まった。

兄か恋人のどちらかが、裏切り者なのか……。

死闘の果てに兄を斬殺した恋人は、深い傷を負って渓谷の激流に転落した。だが、恋人が死んだとは、とうてい思えなかった。陽炎の推測通り、恋人は深手を負った身を小舟に隠し、川の流れに任せていた。

陽炎は追った。そして、波除稲荷裏にある公事宿巴屋の寮にいるのを突き止めた。驚いたことに、恋人は斬殺した兄の名前を名乗っていた。

左近と……。

陽炎に許せる筈はなかった。そして、左近と名乗る恋人は、記憶を失っているという。果たして、それは本当なのだろうか……。

しかし、記憶を失っていようがいまいが、変わりはない。殺すしかないのだ。

正月が過ぎた。左近は、十六日の藪入りの小正月が近づいても、波除稲荷裏の寮から動かなかった。下手に動くより、陽炎が知っているこの鉄砲洲波除稲荷界隈にいた方がいい。

左近は待った。陽炎の襲撃を待ち続けた。

失った記憶を取り戻し、自分の正体を知るために……。

おりんは苛立っていた。せっかくの正月、何処にも出かけず、家に籠もる左近に苛立たずにはいられなかった。

房吉は連雀町の家を更地にして、既に売り払い、お絹と所帯を持つ家を楽しげに探していた。それも、おりんの苛立ちを増幅していた。お春婆さんがけしかけた。

「もう、苛々しちゃって……さっさと、手込めにしちまえばいいんだよ」

おりんは泊まる決心をして、波除稲荷裏の寮に向かっていた。

日本橋川に架かる江戸橋を渡り、亀島川沿いの川岸通りに出た。その時、おりんは後ろから追い抜いて行く猪牙舟に、笠を被った浪人が乗っているのに気づいた。

去年、私の着物の背中を斬った奴に似ている……。

おりんは恐怖に包まれた。浪人が左近の命を狙っているのは、彦兵衛から聞いていた。

浪人の乗った猪牙舟は、亀島川を八丁堀に向かって進んでいた。行く手には、波除稲荷もあった。

左近さんを殺しに行く……。

おりんは戦慄した。そして、血相を変えて走り出した。

報せなきゃ、左近さんに一刻も早く報せなきゃ……。

おりんは亀島川に架かる橋を渡り、富島町を駆け抜け、東湊町に出て高橋《たかばし》に急いだ。高橋は亀島川に架かる最後の橋だ。高橋を渡ると八丁堀に架かる稲荷橋があり、波除稲荷がある。

おりんは走った。笠を被った浪人の乗る猪牙舟が、稲荷橋に着く前に左近に報せようと、懸命に走った。

稲荷橋を駆け渡って行くおりんを、一つ奥の中ノ橋から廻り髪結いの女が見ていた。陽炎だった。おりんが左近に急を報せにいく……。

陽炎は捕らえようとした。だが、如何におりんを捕らえても、左近に気づかれずに襲撃するのは難しい。ならば、おりんを見逃した方が得策だ。守らなければならないものがあればあるほど、左近の集中力は分散され、闘いは有利になる。

陽炎は冷徹に分析した。


左近は久々に無明刀を抜いた。無明刀の刃は、落ち着いた輝きを放った。がっしりとした拵《こしら》えは、素朴な力強さを見せていた。左近は目釘を抜き、丁寧に手入れをし始めた。

今朝、海を舞う鷗《かもめ》の声が、いつもより静かだった。それが、左近に異常を感じさせた。陽炎が現れる……。

無明刀の手入れに、時間はかからなかった。手入れを終えた時、おりんが息を切らせて駆け込んできた。

「どうしました……」

「浪人が……私の着物の背中を斬った浪人が、こっちに来るのよ……」

やはり……。

左近は無明刀を取り、素早く表に出た。格子戸を開けると狭い露地だ。露地は左右に通り抜けができる。向かい側には、波除稲荷の裏手の石垣が続いている。

左近は辺りの様子を窺った。今のところ、異常を感じさせるものは、何もなかった。

「おりんさん、今すぐ、巴屋に帰って下さい」

「いやよ、帰りにあの浪人に逢ったら、今度こそ殺されちゃうわ」

「奴等が殺そうとしているのは、わたしだけです」

「でも、左近さん一人で大丈夫なの……」

「きっと……」

「きっとだなんて……」

「では、おりんさん、わたしと一緒に殺し合いをしてくれますか……」

おりんは怒ったように頷いた。

「しかし、わたしはおりんさんに人殺しの手伝いなど、させたくありません」

左近は微笑んだ。

「ですから、巴屋に帰って下さい」

優しい微笑みだった。その微笑みが、二度と見られなくなる。おりんはそう思った。そして、左近を死なせたくないと痛切に思った。

「じゃ、左近さんも一緒に巴屋に……」

「おりんさん、わたしは逃げる訳にはいかないのです。失った記憶を取り戻し、自分の正体を突き止めるまでは……」

「左近さん、昔のことなんて……古い記憶や正体なんて、どうだっていいじゃない。日暮左近でいいじゃない」

おりんは懸命に左近を説得した。

「お願い、左近さん……」

いつの間にか涙が溢れ、零れていた。

「おりんさん、できるものなら、わたしもそうしたい。だが、失った記憶から襲ってくる者がいる限り、そうはいかない……」

「左近さん……」

「お願いだ。早く巴屋に帰って下さい」

「……わたし、帰らない」

おりんは呟いた。

「おりんさん……」

「帰らない。左近さんが死んだら、わたしも死にます」

おりんは左近を睨みつけて言い放ち、泣き崩れた。左近は動揺した。

おりんは畳の上に崩れて、嗚咽《おえつ》を洩らしていた。左近はどうしていいのか分からなかった。ただ、おりんの肩に手を置いて、沈黙するしかなかった。おりんの嗚咽が、肩に置いた掌を通じて伝わった。

それは一瞬、左近をおりんの中に引きずり込みそうになった。恐ろしいほどの力で……。このまま引きずり込まれるか、掌を外して躱すか……。左近は迷った。

鋭い殺気が、左近に襲いかかった。左近は反射的に無明刀を取った。殺気は陽炎のものだ。陽炎が何処からか見張っているのだ。

何処だ。何処にいる……。

左近は油断なく殺気の出所を探った。だが、陽炎の殺気は、突き止める前に消えた。既にこの家は、陽炎の監視下に置かれている。

笠を目深に被った浪人が現れ、陽炎の殺気が襲った。それは浪人と陽炎が、仲間なのだと教えてくれた。

強敵……。

どちらか一人でも強敵なのに、二人同時に相手にしなければならない。やはり、おりんを帰すべきだった。だが、帰すには、もう遅過ぎる。帰せば、捕らえられる可能性がある。

「……一緒にいて貰います」

おりんの嗚咽が止まった。

「死ぬかも知れぬが……」

おりんは涙を手の甲で拭い、子供のように勢い良く頷いた。左近は覚悟を決めた。

陽炎は動揺していた。思わず殺気を放ってしまったことを、後悔していた。屋根の上に忍び、二人の遣り取りを聞いていた。そして、気づかぬ内に殺気を放ってしまった。それは、昔の恋人への嫉妬なのか。

嫉妬……。

違う、兄を殺した男が、どんな女とどうなろうが、嫉妬などするものか……たとえ、昔の恋人であっても……。

陽炎は動揺を懸命に押さえた。二度と動揺しないためには、一刻も早く奴を殺すしかないのだ。陽炎は自分に言い聞かせた。

六

日が暮れた。最早、鷗の鳴き声も聞こえない。潮騒だけが、夜の静寂に響いていた。

そろそろ来る……。

失った記憶が囁いた。

巴屋の寮は、八畳の居間と隣の六畳間、そして奥の八畳間。他に台所と納戸《なんど》と厠《かわや》がある。闘うのに狭すぎる。

外で闘うしかあるまい……。問題はおりんだ。闘いの間、おりんは寮で大人しくしているだろうか……。

既におりんは、左近と一緒に死ぬ覚悟を決めていた。不思議なことに、おりんは少なからず興奮し、妙に浮き浮きしていた。

それは、死を覚悟したせいなのか、迫りくる恐怖を隠すためなのか、それとも左近と運命を共にする喜びなのか……。

いずれにしろ、湯気をあげる鉄瓶を乗せた長火鉢の傍で縫い物をするおりんは、緊張を楽しんでいるようだった。

闘いが始まれば、おりんは殺されるのを覚悟で、左近を助けようとするのに決まっていた。おりんを死なせてはならぬ……。

異様な殺気が、家を包むように忍び寄ってきた。左近の研ぎ澄まされた五感が、静かに警報を鳴らした。左近は素早く殺気の主を探った。陽炎の殺気とは、明らかに違っていた。だが、微かに覚えのある殺気だ。

それは、楓川に架かる弾正橋で浴びせかけられた殺気だった。笠を目深に被った浪人だ。おりんの着物の背を断ち斬った浪人。そして今日、おりんが目撃した浪人なのだ。

決着の時が訪れた。

「おりんさん……」

左近は落ち着いた声で呼びかけた。

「はい……」

おりんが左近を見た。闘いの時が来たのを察知したのか、その顔は強張っていた。左近は立ち上がった。誘われたようにおりんも立ち上がった。次の瞬間、左近の拳が、おりんを当て落とした。

「さ、左近さん……」

おりんは眼を丸くして気を失い、崩れ落ちた。左近はおりんを抱き止め、隣の六畳間に運び、静かに横たえた。

陽炎と浪人の狙いは、左近一人だ。闘いの邪魔をしない限り、おりんは殺されはしない。

これでいい……。

左近はおりんに布団をかけ、無明力を手にした。無明刀は、重くも軽くもなく、しっかりと身体に馴染んでいた。左近は無明刀を腰に納め、おりんを残して居間を出た。

長火鉢の上の鉄瓶が、湯気をあげて鳴っていた。

左近は家を出た。

陽炎と浪人の殺気が、暗闇から鋭く襲いかかってきた。左近は波除稲荷の境内に向かった。

鉄砲洲波除稲荷……。

何度も闘い、何度も失った記憶を取り戻そうとした場所だ。それも、今夜で終わるかも知れない……。

左近は境内に佇んだ。冷たい夜気が全身を包んだ。潮騒が低く単調に繰り返されていた。凍てついた玉砂利が、背後で微かに鳴った。左近は振り返った。

笠を被った浪人が、全身に殺気を漲《みなぎ》らせて佇んでいた。陽炎の姿は見えない。だが、何処かに潜み、左近を狙っているのは、間違いなかった。左近は浪人と対峙した。

浪人は中身のない右袖を揺らし、笠の紐を左手一本で器用に解いて投げ棄てた。氷室精一郎の痩せた顔が、月明かりに青白く浮かびあがった。

氷室精一郎……。

動揺が微かに湧いた。だが、左近は一瞬にして押さえた。

「……陽炎に助けられたのか」

氷室は無表情に頷き、身体を僅かに前屈みにし、左手をだらりと揺らして構えた。左近は飛び退いた。奇妙な構えに続く攻撃が、どのようなものなのか分からぬ限り、一瞬の油断もならない。

氷室は前屈みの構えで左近に近づいた。その顔には、怒りや憎悪は微塵もなかった。あるのは、命を棄てて勝負に挑む無欲さだけだった。再び左近は、飛び退こうとした。その刹那、左近は思い止《とど》まった。陽炎の殺気が、背後から浴びせられたのだ。

陽炎……。

後一歩でも退がれば、陽炎が背後から攻撃してくる。左近は動きを止めた。奇妙な構えの氷室が迫った。

「陽炎！」

氷室の機先を制するように、左近が鋭く呼びかけた。氷室の動きが止まった。

左近は陽炎を振り返り、氷室に背を向けた。これでいい。これで、奇妙な構えに惑わされず、氷室の攻撃だけを待てばいい……。

「わたしは何者だ……」

意外な問いかけだった。陽炎が姿を現した。陽炎は激しい憎しみを浮かべていた。

「まだ、記憶を失った真似をするのか……」

「真似ではない……わたしは何をしたのだ」

「兄を殺したことを、忘れたと言うのか」

「兄……」

「お前と共に育った私の兄だ」

「わたしと一緒に育った……」

「そうだ、結城《ゆうき》左近だ」

「結城左近……」

「お前はその兄を斬り殺し、兄の名前を名乗っているんだ」

左近は激しく動揺した。陽炎の言うことは本当なのか……。左近はその時、駿府への道中で見た夢を思い出した。夢は、左近が左近自身を斬るものだった。あの夢は、この事を暗示していたのだろうか……。

「何故だ。何故、兄を殺した」

「陽炎、本当にわたしは、結城左近というお前の兄を殺したのか」

「惚けるな。お前はお館様から書状が来た直後、兄と闘い、斬った。何故だ。お館様は何と言ってきたのだ」

お館様からの書状……。

「暗殺の情報を洩らした裏切り者は、お前か、それとも兄なのか」

暗殺、裏切り者……。左近は混乱した。

「陽炎、わたしは何者なのだ……」

「木曽谷衆の流れをくむ秩父の忍びだ……」

「秩父の忍び……では、何という名なんだ」

左近は混乱して叫んだ。背後で風が巻いた。左近の五感が、混乱の中で揺れた。氷室が左近の混乱に乗じ、前屈みの姿勢で迫ってきた。左近が振り返った。同時に氷室が、前屈みの姿勢で見切りの内に踏み込んだ。

そして次の瞬間、跳ねるように身体を伸ばしながら左手で刀を抜き、下から斬りあげた。

氷室の刀は、左手一本で操ったとは思えぬ速さで閃き、大きな半円を描いた。咄嗟に左近は、仰向けに倒れて躱した。氷室の刀は、左近の胸元を斬り裂いた。左近は横に転がり、凍てついた玉砂利を撥ね上げ、素早く立ち上がった。

氷室が猛然と斬りかかってきた。左手一本で操られる刀は、猛烈な速さで左右に閃いた。左近は無明刀で、閃く刀を打ち払った。左手だけで扱われる氷室の刀には、速さはあっても力が不足していた。氷室は弾かれた刀と共に倒れ込んだ。

空を切る音が短く鳴った。畳針のような手裏剣が左近に飛来した。陽炎が連射したのだ。無明刀が、咄嗟にそれを打ち落とした。

そして陽炎は、地を蹴って夜空に飛び、忍び刀で左近に斬りかかった。左近は無明刀で受け止めた。

左近と陽炎は、火花を散らせて激しく斬り結んだ。左近は押した。陽炎は後ろに飛びながら、苦無《くない》を投げ打った。

左近は咄嗟に伏せた。苦無は唸りをあげて飛び抜けた。間髪を容れず、氷室が鋭く斬りかかった。

左近が無明刀を閃かせながら、ばね仕掛けのように跳ね起きた。

光芒が交錯した。左近の肩が、僅かに斬られて血が飛んだ。氷室が一気に間合いを詰めた。

左近が大きく飛び退き、無明刀を大上段にゆったりと構えた。切っ先から爪先までが、巨大な無明刀になった。全身を晒す天衣無縫の構えだ。

勝負は刀の速さで決まる……。

氷室は微かな笑みを浮かべた。そして、刀を肩に担ぐように構えて、左近に向かって無造作に歩き出した。不思議なことに氷室の殺気が消えていた。

左近は戸惑った。まさか……。

氷室は見切りの内に入るなり、身体ごと刀を鋭く突き出した。同時に左近が、無明刀を大上段から一瞬で斬り降ろした。

全ての動きが、凍りついたように止まった。

氷室の刀は、左近の喉元に突きつけられていた。左近は微動だにしなかった。

氷室は左近の喉元で止まっていた刀を握り締め、ゆっくりと前に進み出た。

左近は僅かに退がった。氷室は微笑みを浮かべ、左近を追ってもう一歩前に出ようとした。その時、氷室の額の真ん中に血が浮かび、微笑みを二つに分けるように流れ落ちた。

氷室が横倒しに崩れた。微かな微笑みを浮かべて、凍てついた波除稲荷の境内に……。

氷室は剣客として死を覚悟していたのだ。

次の瞬間、陽炎が背後から斬りかかった。左近は咄嗟に躱し、陽炎の忍び刀を叩き落とし、その手を摑んだ。

「陽炎、俺の名前を教えてくれ」

「煩い」

陽炎は左近の手の逆を取り、鋭い蹴りを放った。左近は宙に飛んで躱した。

「頼む、陽炎、教えてくれ」

「お前は左近だ」

陽炎が言い放った。

「苦しめ、名を呼ばれる度に自分が斬った兄を思い出して、苦しむがいい……」

「左近……」

左近は動揺した。

陽炎は素早く宙に飛び、再び左近に鋭い蹴りを放った。動揺は、左近に躱す間を与えなかった。左近は陽炎の強烈な蹴りを、分厚い胸に受け、思わず膝をついた。陽炎は左近の背後に廻り、その首を腕で固く締め上げ、苦無を振りかざした。

左近は身を深く沈めた。陽炎の身体が、左近の身体の上に乗った。そして左近は、素早く立ちあがり、厳しい投げを打った。陽炎は大きく宙を舞って着地し、波除稲荷の境内を走り出た。

しまった……。

左近は狼狽し、陽炎を追った。陽炎は左近が恐れた通り、おりんのいる巴屋の寮に駆け込んだ。

陽炎はかけ布団をはね退けた。おりんはまだ気を失っていた。左近が追って飛び込んできた。

「止まれ」

陽炎が鋭く叫んだ。左近は凝然と立ち尽くした。陽炎がおりんの喉を、苦無で掻き斬ろうとしていた。

静寂が訪れた。長火鉢の上の鉄瓶だけが、湯気をあげて鳴り続けていた。

「……刀を棄てろ」

左近は躊躇《ためら》わずに無明刀を棄てた。

それほどまでにこの女を……。

陽炎がおりんを棄て、苦無を構えて左近に飛んだ。

左近は鉄瓶を蹴った。激しい音を立てて灰神楽《はいかぐら》が舞いあがった。

陽炎は思わず戸惑い、攻撃の矛先が僅かにずれた。左近は畳に転がり、陽炎の攻撃を躱して無明刀を拾い、おりんの元に急いだ。

陽炎は嫉妬した。嫉妬は憎悪となって噴き出し、陽炎を狂わせた。陽炎は長火鉢に火薬玉を叩き込んだ。炎が噴き出した。

左近はおりんを庇って身を伏せた。長火鉢から噴き出した炎は、家の中に飛び散って燃え上がった。背後は壁と押入れであり、前には炎が燃え上がっていた。逃げ場はない。

陽炎の甲高い笑い声が響いた。

「左近さん……」

おりんが漸く気を取り戻した。そして、自分たちの置かれている状況に気づき、短い悲鳴をあげた。

すでに火は、家中に燃え広がっていた。燃えあがる炎の奥で、陽炎が笑っていた。逃げもせず、狂ったように……。

左近は無明刀を壁に突き立てた。漆喰《しっくい》がボロボロと崩れた。左近は必死に壁を崩した。最早、それしか手立てはなかった。遠くで半鐘《はんしょう》が鳴り出した。

駆けつけた火消したちは、燃え上がる巴屋の寮を叩き壊した。当時の消火活動は、火を消すのではなく、建物を壊して火の広がりを食い止める破壊消火だ。火消したちは、延焼を防ごうと、懸命に寮を破壊した。

巴屋の寮は、野次馬の見守る中で、音を立てて焼け落ちた。

駆けつけた彦兵衛と房吉が、血相を変えて左近とおりんの姿を探していた。

波除稲荷の境内は、巴屋の寮の火事騒ぎと無縁のように静かだった。

左近とおりんは、辛うじて寮から脱出していた。おりんは、疲れ果てて座り込んでいた。

陽炎がどうしたかは、分からなかった。燃え盛る炎の中で、陽炎は狂ったように笑っていた。それが、左近の見た陽炎の最後の姿だった。

その後、陽炎が脱出したのか、炎に包まれて死んだのかは、分からない。

陽炎……。

左近は陽炎との遣り取りを思い出した。自分が何故、幼馴染みと闘い、斬り殺したのか、理由は分からない。自分の本当の名前すらも……。

陽炎が言い放ったように、これからは名を呼ばれる度に、己が殺した結城左近という幼馴染みを思い出すだろう。それが、運命なのかも知れない……。

夜の冷気が、身体に染み込んできた。闘っている時には、感じられなかった冷気だった。熱い闘争心が、急速に覚めていった。

「左近さん、これで終わったの……」

「後は、氷室の亡骸を葬るだけです……」

「良かった……」

緊張感から解き放されたのか、おりんはすすり泣いた。

絶命した氷室が、凍てついた境内に横たわっていた。穏やかな死に顔だった。

左近は手を合わせた。

エピローグ

巴屋の寮の火事は、火消したちの迅速な消火活動により、どうにか延焼を免れた。彦兵衛は火消しに礼を述べ、迷惑をかけた隣近所の人たちに詫びて歩いた。

「……結局、本当の名前、分からなかったのか……」

おりんは、彦兵衛の問いに頷いた。

「自分の斬り殺した男の名前か……」

「そうよ、叔父さんが日暮左近だなんて、安直につけたのが、いけないのよ」

「おりんさん、それで左近さん、名前、変えるんですか……」

「私は変えた方がいいと思うけど、どうするのかしら……」

「房吉、おりん、左近さんはきっと変えないよ」

「どうしてですか、旦那……」

「左近さんってのは、そういう人だ……」

「そんなの駄目よ……」

「おりんがむきになっても仕方がないさ。ところで房吉、豆腐屋の松吉《まつきち》さんの出入訴訟、どうなっているんだ」

「はい、漸く南から差し紙が出ましてね。五日後にお奉行所に出向くことになりました」

「で、勝てそうかい……」

「そりゃあもう、借用証文のない借金なんて、誰が見たって返す必要、ありませんからね」

「そうか、ま、油断せずにやるんだな」

「はい、心得ております……」

公事宿巴屋は、次々と舞い込む出入訴訟に忙しかった。

「叔父さん……」

「なんだい……」

彦兵衛が訴状を書きながらおりんに応じた。

「左近さん、これからどうするのかしら……」

「公事宿巴屋としては、出入物吟味人を続けて貰いたいが……ま、本人次第だな」

「そうねぇ……」

鷗が煩いほどに鳴き、飛び交っていた。沖に停泊している千石船の荷が、瀬取《せどり》船や茶船と呼ばれる艀《はしけ》に移され、亀島川や八丁堀を経て、江戸市中の河岸や物揚場に忙しく運ばれていく。

左近は波除稲荷の境内に佇んでいた。焼け跡に陽炎の亡骸はなかった。だが、あの夜以来、陽炎が自分の周囲に現れた形跡もなかった。

左近は燃え上がる炎に包まれ、狂ったように笑っていた陽炎の姿を思い出した。陽炎は死んではいない、いつか再び現れるだろう……。左近は確信していた。

秩父忍び、結城左近、お館様、暗殺、裏切り者、死闘……。そして、助けられた時、握っていた『左近』と記された紙片は、お館様からの書状の切れ端なのかもしれない……。

陽炎によって己の過去の断片を僅かに知った。だが、断片は断片に過ぎず、失った記憶を取り戻した訳ではない。

いつの日か必ず、秩父に行かなければならない……。

秩父に行き、陽炎の言ったことが真実かどうか、確かめなければならない。

おそらくその時、自分の本当の名前も分かる筈だ。それまでは、公事宿巴屋の吟味人、日暮左近として生きていくしかないのだ。

記憶を喪失している日暮左近として……。

江戸湊からの冷たい風が、左近の佇む鉄砲洲波除稲荷の境内を吹き抜けていった。

廣済堂文庫　二〇一〇年一月刊

光文社文庫

長編時代小説
正《しょう》雪《せつ》の埋《まい》蔵《ぞう》金《きん》　日《ひ》暮《ぐらし》左《さ》近《こん》事《じ》件《けん》帖《ちょう》
著者　藤《ふじ》井《い》邦《くに》夫《お》

2018年9月20日　初版1刷発行

発行者　鈴木広和
印刷　萩原印刷
製本　フォーネット社

発行所　株式会社　光文社
〒112-8011　東京都文京区音羽1-16-6
電話（03）5395-8149　編集部
8116　書籍販売部
8125　業務部

落丁本・乱丁本は業務部にご連絡くだされば、お取替えいたします。
ISBN978-4-334-77725-8　Printed in Japan

組版　萩原印刷